モニタールーム

角川文庫
17409

モニタールーム

monitor room

本文扉イラスト／ PansonWorks
本文扉デザイン／鈴木久美（角川書店装丁室）

広大な大地にポツリと寂しく二つの移動式住居がある。竹や馬の皮といった簡単な素材で造られた住居だが、どんな強風、豪雨にも耐える頑丈な住居である。大自然に移動式住居という光景は、一見モンゴル国を思い浮かべるがそうではない。二つの移動式住居以外にはどこにも建物は見当たらず、また家畜も存在しない。あるものといえば、極々小さな畑と、子供用遊具が転がっているだけだ。建物が他にないため空が限りなく広く、遠くの向こうまで見渡せるがやはり住居や建物はない。存在するのは、高気温に干からびた草だけだ。

広大な寂しい土地に住んでいるのは、もうじき十五歳になる男女四人と、六十に近い男だ。他の街や村との交流は一切なく、このサバンナ地帯で、五人だけで暮らしてきた。

彼らが暮らしているこの土地は、『ミン村』という。

ミン村がどの国に位置するのか、それは『ごく一部』の者しか知らない。確かなのは、ここが年平均気温二十五度の熱帯地方ということだけだ。明瞭《めいりょう》な乾期と雨期があり、今のこの時期は雨は一切降らない。猛烈な暑さが半年近くも続く。そのため麦は生長せず、果実を育てるのも難しい。食糧難に陥っても不思議ではない環境だが、五人は衣食住に困窮していない。毎日米やパンを三食食べ、家畜や海、川がないのに肉や魚も豊富である。季節に応じた服も揃っている。環境と暮らしが矛盾しているが、とにかく五人は幸せな日々を過ごし、不満ごとなど一切ない満足した生活を送っている。他の街や村との交流がないため、仲間内での些細《ささい》な喧嘩《けんか》は日常茶飯事だが大きな争いごとはなく毎日平和である。

ただ平和な環境なのは半径三キロメートルまでだ。そこから外には、至る所にデンジャーと書かれたドクロの赤い看板が立ち、無数の『地雷』が埋まっている。埋まっている全てが対人地雷である。対戦車地雷は一つもない。

通常戦争で用いられる対人地雷には、兵士の命を奪うまでの威力はなく、一個で一人の足を吹き飛ばす威力程度である。殺さずに兵士の足を奪って、部隊に負担をかける狙いがあるからだ。しかしこの大地に埋められている対人地雷は踏んだ瞬間に命を奪う威力がある。十四歳の少年少女は幼い頃から地雷の恐ろしさを教えられてきた。実験で爆発する瞬間も見てきた。その威力を知っているが故、彼らはデンジャラスゾーンに近づくことはあっても足を踏み入れることは決してない。彼らは村から出ることなく、見えない塀の中で暮らしてきた。もっとも、世間の一般常識を知らない彼らにしてみればこれが当たり前の生活であった。

何も知らないといえば、四人はなぜここが『ミン村』と呼ばれているのか教えられていない。意味など考えたこともなかった。

ミンとは地雷という意味である。

デンジャラス地帯に埋まっている地雷は凡《およ》そ百万個。つまり至る所に埋まっている。地雷とは言うまでもなく、戦争時に用いられる兵器であるが、しかしこれらは戦争時に設置されたものではない。ある目的で、百万個の地雷が埋められた。故に、地雷処理など行われるはずがなかった。

十五年前の二〇二〇年、日本政府がこの『地雷村』を完成させたのだ。

1

バスの窓から、観光名所である高尾山《たかおさん》が見えてきた。東京都八王子《はちおうじ》市に位置する小さな山である。今日は眩《まぶ》しいくらいの晴天で、雲も霧も出ていないので頂上までよく見える。登山客のために途中までケーブルカーが出ているらしく、多くの人が乗っており、子供がバスに向かって手を振っているように見えた。

高尾山には全国各地から観光客が訪れるらしいが、このバスには今、一人の男しか乗っていない。最初は混雑していたが、終点まで行く人間は滅多にいないようだった。

男は高尾山に視線をやっていたが、別なことを考えている。今日から始まる仕事のことである。駄目もとで面接を受けたが、まさか二十二歳の自分が採用されるとは思わなかった。勝手な想像だが、これからつく仕事は人生経験の浅い二十代には困難な仕事だと思っていた。ドラマでその仕事をたまに見るが、皆三十代後半からのベテランが演じているので、それくらいの歳の人間でなければ務まらない仕事だと思い込んでいた。

仕事が仕事だけに緊張する。怖いという気持ちも少しある。しかし今後の生活のことを考えると安堵《あんど》する自分がいた。何よりの魅力は給料のよさだった。入所していきなり百万円も貰《もら》える仕事は他にない。危ない橋を渡ればそれ以上の金が入ってくるが、勿論《もちろん》それはできない。

それにしても改めて考えると百万は異様に多い気がした。特殊な仕事といえば特殊だが、彼らはそんなにも貰っていたんだと、最初は他人事《ひとごと》のように思った。今度は自分が一ヶ月で百万もの大金を手にするのである。

バスは終点、高尾刑務所前に到着した。バスの運転手はスーツを着た自分を見て、きっと受刑者の面会人だと思い込んでいるに違いない。料金を払う際、彼を一瞥《いちべつ》したが変な目ではなかった。ありがとうございましたと言ってバスを降りた。

高尾刑務所の門の前に立った徳井《とくい》正也《まさや》はネクタイを直した。コンクリートの高い塀が異様な威圧感を放ち、向こう側にある建物を隠して一切見えないようになっていた。入り口の手前に看守が立っている。正也が説明すると、男は門の扉を開けてくれた。

刑務所の敷地内に入った瞬間に空気が一変した。世界が変わったようにも見えた。箱のような形をした鼠色の三階建て建物内には殺人、強盗、覚醒剤《かくせいざい》等で捕まった人間たちが百人以上もいる。グラウンドには、水色の囚人服を着た受刑者が看守の指示に従い行進している。いかにも悪そうな顔が多いが、中には罪を犯しそうにない優しい顔、ひ弱そうな顔もあった。犯罪の内容は知らないが、よほど深い事情があって罪を犯してしまったに違いない。

顔や体形はそれぞれであるが、共通しているのは、そのほとんどが血色が悪く目に力がないことだった。この中にいる大半の者が、壮絶悲惨な人生を歩んできたのだろう。

この光景はドキュメントやドラマ等でよく見るが、実際目の当たりにすると迫力がある。

正也はまた鼓動が速くなった。彼らを相手にするのかと思うとやはり緊張する。給料が高い理由が改めて分かった。

受刑者の一人が、こちらを睨《にら》むように見た。正也はすぐに目をそらし、下を向きながらそそくさと刑務所内に入った。看守になる人間がそんなことでどうすると、正也は自分を叱った。

着いたらまず、看守長の秋本《あきもと》を訪ねることになっている。正也は、看守長室はどこだろうと、ヒンヤリと冷たい薄暗い廊下を適当に歩いた。静かな廊下に、彼の足音が響く。

正也は通りがかりの看守に看守長室の場所を尋ねた。何の用かと聞かれたが、事情を説明するとその看守は丁寧に教えてくれた。四十代半ばくらいの、目の細い男だった。

　囚人部屋、独居房を通り過ぎたが受刑者は誰一人としていなかった。時刻は十時を過ぎている。先程グラウンドで見た受刑者以外は労働しているに違いない。

　先程の看守に言われた通り、階段で三階まで上ると看守長室はすぐに見つかった。『看守長室』と白いプレートに黒文字で書かれてある。まるで学校の一室のようだった。

　ノックすると中から、どうぞ、と柔らかい声が返ってきた。

「失礼します」

　挨拶《あいさつ》して正也は部屋に入った。

　看守長室といっても、それほど広い部屋ではなく、中央にデスク、部屋の隅に書類等が入ったケースが三つも置かれているので余計狭く感じる。なぜかカーテンは閉められていた。

　看守長の秋本はパソコンをいじっていたらしく、握っていたマウスを放し立ち上がった。

　正也は深々と頭を下げた。

「今日からここで働くことになりました。徳井正也と言います」

　緊張で声が少し震えた。秋本はニコリと微笑んだ。

「待っていましたよ徳井くん。私が看守長の秋本工作《こうさく》です。今日からよろしくお願いしますよ」

声も喋《しゃべ》り方も気持ちが悪いくらいに柔らかい。イメージしていた、厳しくて威圧感のある看守長とは正反対だ。正也は、七福神の恵比須《えびす》様を思い浮かべた。丸まる太った身体も、まさにそれだった。虫も殺さぬような、いかにも穏和そうな顔つきの男に、刑務所を統制できるのかと疑問に思った。

秋本は、正也を眩しそうな目で見て言った。

「随分ハンサムな新人が入ってきてくれましたねぇ。背も高いし、女の子にはさぞモテるでしょう？」

「そんなこと、ないですよ」

秋本が言うと余計気持ちが悪かった。なるほど、そっちが趣味かと正也は思った。

相手は上司である。態度には気をつけなければならないのだが、さすがに顔が引きつった。

「徳井くんは、まだ二十二でしたね？」

「ええ。あと少しで二十三になりますが」

秋本は二度、三度と頷《うなず》いた。

「そうですか、そうですか。若い人が入ってきてくれて、私は嬉《うれ》しい」

「人生経験の浅い自分に看守が務まるかどうか、本音を言うとまだ戸惑っています」

「何を言ってるんですか。頑張ってもらわないと。私はね、君に期待しているんですよ。指導のし甲斐《がい》があります」

秋本は、期待という部分を妙に強調した。

「期待、ですか」

「ええ、ええそうですよ」

秋本は真っ直ぐに正也の目を見つめた。何だか心の奥まで見られているようで、正也は視線をそらした。

「ちなみに、ここには百五十人の受刑者と、二十人の看守がいますが、まあ、君には関係ないので他の職員の紹介はいいでしょう」

意味深な言葉であるが、秋本は同じ表情、同じ口調で言った。正也には秋本の言っている意味が分からなかった。

「関係ないとは、どういうことでしょうか？」

秋本はやはり声の調子を変えずに言った。

「徳井くんには、他の職員とは違う、特別な仕事をやってもらうことになっています。恐らくここに長くいることはないし、他の職員とは接する機会はないと思うので、紹介はいらないと言ったのです」

面接の時、そんな話は聞いていなかった。関東の刑務所で看守をするとしか言われていない。事前の知らせもなく秋本がそう言ったので正也は戸惑った。

「特別な、仕事……」

それが何なのか、正也に想像がつくはずがなかった。

「ええ、そうです」

「看守ではないということですか？」

秋本は、まさかというように首を横に振った。

「いえいえ、看守ですよ」

正也は、秋本の微笑んだ顔が段々と不気味に思えてきた。

正也が何より心配したのは、秋本の、ここには長くいないという言葉である。もしや短期の仕事ということか。それでは困る。自分には金が必要なのだ。

「ここには長くいないと仰《おっしゃ》いましたが……」

そこまで言うと秋本は正也の不安を悟ったようだ。

「安心してください。ここは研修場所、という意味ですよ」

それを聞いて正也は胸を撫《な》で下ろした。

「それでは仕事の内容を説明する前に、徳井くんに見せなければならない人間がいます。そこへ行きましょう」

秋本の言い方には少し違和感があった。まるで人間を見せ物のように言うのだ。

「見せなければならない人間？」

秋本は怪訝《けげん》そうな正也の肩に両手を置き、機嫌良く言った。

「まあまあ、早速行きましょう。行けば分かりますよ」

正也は秋本に押され、看守長室を出た。秋本は肩を弾ませ階段を下りた。


一階に下りた秋本は、中庭の見える廊下を歩いていく。正也はその後ろを歩いた。陽の射す位置にくると秋本は空を見て、

「今日はいい天気で気持ちがいいですねえ」

とのんびりした口調で言った。正也は、秋本が何を考えているのか全く読めなかった。どこへ行くのか気になるが、着くまで教えてくれそうにないので黙ってついていった。

「ところで徳井くん」

秋本は背中から声をかけた。

「はい」

「徳井くんは、お酒は飲めますか？」

この質問にどんな意味が隠されているのだろうと妙に考えてしまった正也は返答が遅れた。

「ええ、少しですが」

そう答えると秋本は弾んだ声で言った。

「そうですか。なら明日《あした》、二人で徳井くんの歓迎会をやりましょう」

秋本が二人でと言うと変に勘ぐってしまうが、入所した直後の誘いを断ることはできなかった。

「ありがとうございます」

「楽しみにしてますよ」

秋本は満足そうに言って、突き当たりにある扉を開いた。するとそこには、地下へと続く階段が現れた。扉が閉まった瞬間に陽の光が遮られ、壁も階段もコンクリートなのでヒンヤリ肌寒い。照明が乏しいので薄気味悪かった。

「こっちです」

秋本は口元に笑みを浮かべ手招きした。コツコツと秋本の靴の音が響く。正也も少し遅れて階段を下りる。この先に何があるのか、正也は鼓動が速くなった。

階段を下りきった秋本は扉を開くとまた手招きした。

「さあさあ、こっちですよ」

急《せ》かされた正也は動作を速めた。扉の先には、今度は細長い廊下が続いていた。ここも照明が乏しく薄暗いので不気味だった。

「ここは、一体？」

尋ねると秋本は、人差し指を立てて静かにという仕草を見せた。そして正也の耳元で囁《ささや》いた。

「何か聞こえるでしょう？」

正也は耳を澄ました。秋本の言うように奥の方から子供の声が聞こえてきた。無邪気な男の子の声。次に女の子の笑い声がした。地下の不気味さとは似合わず、明るい声が飛び交っている。子供ばかりだと思っていたが、大人の男性の声もする。しかし子供たちがこの先にいるという気配はない。何かの映像が流れていて、そこから聞こえてきているようだ。会話はリアルタイムだろうか。映画やドラマといった感じではなかった。かといってバラエティー番組といった雰囲気でもない。この先で何が行われているのか、正也には見当もつかなかった。

「さあ行きましょうか」

正也は秋本の後ろをついていく。突然男の子が大声を出したので心臓が跳ねた。正也は緊張しながら一歩、また一歩と進んだ。まるで幽霊屋敷を探索しているようだった。

正也の目に牢獄《ろうごく》が見えてきた。どうやらそこから声が聞こえているようだ。秋本はすでに牢獄の前に立っている。恐る恐る近づき、中を覗《のぞ》いた正也は思わず小さな悲鳴を上げた。

牢獄の中に、白髪だらけの女が背を向けて正座していたのだ。髪の長い、囚人服を着た女は、正座しながら壁にかけられた三十インチほどのテレビをじっと見ている。このテレビから、声が聞こえていたのだ。

画面には、青いジャージを着た四人の子供と、一人の五、六十くらいの優しそうな顔をした男が映っている。大人の方は、白衣のようなものを羽織ってホワイトボードの前に立っている。子供たちは机の前に座り、男の方を向いてノートにペンを走らせている。一見、授業をしているようだが少し見ただけでは実際のところはよく分からない。

女はいつもと違う気配を感じたのか、幽霊のようにゆっくりと横顔を向けた。落ち窪《くぼ》んだ眼に、鼻梁《びりょう》は細く、頬はそげ落ちている。顔色は真っ青で、死んだ魚のような目をしていた。女はまた画面に向き直ると、黙って映像を見据えた。

正也はしばらく声を失っていた。

「驚いたかい?」

秋本は愉快そうに聞いた。

「え、ええ」

正也はやっと声が出たが上擦った。

「これは、一体？　なぜ彼女だけがこんな所に？　この映像は、何です？」

しかし秋本は何一つ答えてくれなかった。

「徳井くんには、彼女を担当してもらうことになったんです」

秋本はまた曖昧《あいまい》な説明をした。

「担当とは、どういうことでしょうか？」

訳が分からず、正也は少し語気が強まった。

秋本はフフと笑うと牢獄から立ち去り、

「それは後で話しましょう。こっちへきてください」

と言って歩き出した。秋本のもったいぶる癖に、正也は段々と腹が立ってきたが、

秋本と女を見比べた後、秋本を追った。

秋本は階段に戻るのかと思ったが、牢獄から少し離れた部屋の扉を開けた。

「さあさあ中に入って」

部屋の中に入った正也は目を見はった。まるでテレビ局の編集室のように、小型テレビがいくつも設置されており、そこに映し出されているのは、牢獄で画面を見つめている女の映像と、先程の子供たちの映像だった。

音量を下げているので、子供たちの声はほんの微《かす》かである。いや、音量を下げているのではなかった。ヘッドホンから漏れ聞こえているのだった。

正也はすぐに違和感に気づいた。これだけテレビが設置されているのに、他の囚人部屋や独居房等の様子は一切映し出されていない。監視カメラが映しているのは、女のいる牢獄と、子供たちだけである。他の受刑者たちも映し出されているのならまだしも、正也にこの意味が理解できるはずがなかった。

画面の前で硬直している正也に、秋本は満面の笑みを浮かべて言った。

「ここがモニタールームです。徳井くんには、ここで看守をしてもらいますよ」

正也は秋本を見た。顔は穏やかな笑みを浮かべているが、目が底光りしたように感じた。

ミン村はこの日も子供たちの賑《にぎ》やかな声に包まれていた。ミン村には二つの移動式住居が建っているが、アリサ、ダイチ、ヒカル、ゲンキの四人はセイおじさんの暮らす住居に集まり、勉強を教えてもらっているところであった。朝の十時から午後の三時までがセイおじさんの授業、というのが日課になっている。

授業といっても、教師が教壇に立ち、黒板に文字や数字を書き、生徒がそれをノートに書き写すという一般的な授業風景ではない。もっとも、アリサたちはそんな風景など知らない。

セイおじさんは自ら作った問題用紙とホワイトボードのみで授業する。今日は算数を中心に授業が行われている。計算が得意なアリサとダイチは真剣に授業を聞き、プリントの問題を解いていく。最初にプリントを終えたのはダイチだった。ダイチは余裕の表情で他の三人を見る。算数が不得意なヒカルとゲンキは嫌々授業を受けている。特にゲンキは授業を中断させようと、皆を笑わせることに必死だ。しかしセイおじさんはゲンキを怒ったり注意したりすることはない。笑ってゲンキにつき合う。真剣に勉強しているアリサとダイチも嫌な顔は見せず、ゲンキと一緒に冗談を言い合う。一度ゲンキのペースにはまり授業が中断すると二十分は再開しない。

またゲンキの時間が始まった。今度はいきなり今晩の夕食について相談し始めた。セイおじさんはやれやれと溜息《ためいき》を吐き、アリサはクスクスと小さく笑った。毎日がこんな調子で、日々の暮らしと同じように授業ものんびりと行われている。

ミン村の時間の流れはゆっくりで、住居内はいつも笑い声で溢《あふ》れていて平和である。些《さ》細《さい》な喧嘩《けんか》はしょっちゅうだが、翌日には喧嘩したことなどコロッと忘れ、いつの間にか仲直りしているようなそんな仲である。

アリサは、一緒に暮らす三人の仲間とセイおじさんが大好きだった。

四人は生まれた時からこのミン村で育てられてきた。アリサたちはもうじき十五歳になる。物心ついた時からセイおじさんはもちろん、ダイチ、ヒカル、ゲンキの三人がいて、何をするにも四人一緒で、十五年間同じ住居で一緒に暮らしてきたから、自分以上に仲間のことがよく分かる。四人は固い絆《きずな》で結ばれていた。お互いを尊重し、信頼している。四人の間にイジメや差別、上下関係は一切ない。性格はそれぞれだが皆対等である。

そう教えながら、四人をここまで立派に育ててきたのがセイおじさんである。

アリサだけではない。ダイチも、ヒカルも、ゲンキも、セイおじさんが大好きだ。自分たちの知らないことを何でも知っている物知りおじさんの話を聞くのがアリサの毎日の楽しみだった。おじさんは、勉強や生活に必要な知恵を教えてくれるだけではない。困ったり悩んだりしている時、いつもみんなを助けてくれる。

例えばこんなことがあった。

ミン村には一人の大人と四人の子供が暮らしているが、アリサ一人だけが性別が違う。そのことでアリサは、なぜ自分だけ三人とは違うのかと悩んだ時期があった。十歳くらいまでは性別についてあまり深く考えたことはなかったが、時が流れ成長していくにつれ、ダイチやヒカルやゲンキとは違う身体に変化していくことに気づき、恐怖をおぼえた。私は普通の人間じゃないんだと思い込んだ時があった。身体が違うだけで差別されることはなかったが、一人悩むアリサにセイおじさんが、一人だけ性別が違うその答えを教えてくれた。アリサたちは神様という偉い人から生まれてきたらしく、神様が四人を産む時に、新しく『女』という性別を産んでみたかったそうだ。だからお前も同じ人間、むしろ選ばれた人間なんだから気にすることはないと言ってくれた。それを聞いたアリサは、そういうことだったのかと納得し胸がスッとした気分だった。深く悩んでいるのが馬鹿らしく思えたほどだ。

数年前、ヒカルが高熱を出した時もおじさんは助けてくれた。自分の住居から白い粒を持ってきて、それをヒカルに飲ませた。するとヒカルは翌日にはすっかり良くなったのだ。あの白い粒は何なのかとアリサが聞くとおじさんは、あれは薬というもので、みんながヒカルみたいに熱を出して倒れた時は助けてあげると言ってくれた。

セイおじさんは、四人の誰かが悩んだ時、苦しんだ時、いつも助けてくれる。おじさんは自分たちの知らないことを何でも知っており教えてくれる。言葉や文字や計算といった勉強のことはもちろん、地雷の恐ろしさや、食糧や花の育て方、料理の作り方等色々なことを教えてくれる。手先が器用なので髪の毛を切ってくれたり、パジャマのボタンが取れたら縫ったりもしてくれる。

セイおじさんは勉強や日常生活に必要な知識や技を教えてくれるだけでなく、様々な物を自分たちに与えてくれる。お米やパンや肉や魚といった食糧はもちろん、色々なお菓子やジュースもおやつの時に出してくれる。その他にも、ジャージやTシャツ、パジャマといった衣料品。三年前に扇風機という物が住居に運ばれた時は驚いた。スイッチを押すと気持ちの良い風が吹きだしたのだ。それからしばらく、四人は扇風機の奪い合いになったのを今でも憶《おぼ》えている。

他にもまだまだある。漢字や算数のテストで四人がいい点を取ると、オモチャまで与えてくれる。ゴムボールや、水鉄砲、シャボン玉と数知れない。この前、トランプという物を貰《もら》い遊び方を教えてもらった。最近、夜ご飯を食べたあとは四人でトランプをやるのが習慣となっている。

セイおじさんから貰った最高のプレゼントといえば、去年の四人の誕生日、おじさんは『犬』という生き物をプレゼントしてくれた。最初はぬいぐるみだと思っていたアリサたちは、犬が鳴き動いた瞬間悲鳴を上げて逃げ出した。しかし近づいてよく見てみると、両手にちょこんと載るくらいに小さくて、目がくりくりとしていて可愛くて、最初はおっかなびっくりだったが抱っこしてみるとすぐになついた。犬に慣れるとまた四人で奪い合いになった。アリサたちはその場で、犬の毛が真っ白なので『シロ』と名前をつけた。今ではシロも仲間の一人で、みんなで可愛がっている。

そういえば、おじさんが食糧等を住居に持ってきてくれる日、必ず空から扇風機と同じようにグルグルと羽根を回した真っ黒な物体がやってくる。おじさんはそれをヘリコプターだと教えてくれた。そのヘリコプターから食糧や衣料品、オモチャ等を運んでいるようなのだが、アリサたちがヘリコプターに近づくことをおじさんは許してくれない。少しでも近づくと、いつもは優しいおじさんが怒るのだ。だからアリサたちは住居の中で様子を見守っているだけだ。

おじさんは住居に帰ってくると必ずこう言う。あのヘリコプターは神様が運んできてくれている物で、普段の行いがよい自分たちに食糧を与えてくれている、だから感謝しなさいと。神様といえば、自分たちを産んでくれた偉い人だとアリサたちは認識しているが、アリサたちにとっては、自分たちの知らないことを何でも知っていて、欲しい物があったらすぐに神様に届けてもらえるセイおじさんの方がよほど凄《すご》くて偉いと思うのである。

セイおじさんの住居の柱にかかっている時計の針が三時ぴったりになると、ハイおしまい、とゲンキが強制的に授業を終わらせた。この日の午後の授業は、ほとんどゲンキのお喋《しゃべ》りで費やされた。算数の授業の時はいつもこんな調子だった。あれほど嫌々授業を受けていたゲンキは、勉強が終わった瞬間に機嫌が良くなった。セイおじさんははしゃぐゲンキを見て、困った奴だと呟《つぶや》いて微笑んだ。おじさんは、ホワイトボードに書かれてある計算式を消しプリントを机にしまうと四人に言った。

「今日はこれでおしまいだ。もう少し算数の授業が進んだら、お前たちに数学という勉強を教えてやろう」

「数学とは何ですか？」

ダイチが興味深そうに聞いた。セイおじさんは顎《あご》の髭《ひげ》を触りながら言った。これはどう伝えようかと悩んだ時のおじさんの癖である。

「算数の一段階上の勉強、とでも言っておこうか」

それを聞いたダイチは目を輝かせた。

「では、もっと難しい計算を教えてくれるんですね？」

おじさんは嬉《うれ》しそうにフフフと笑った。

「そうだ。でもダイチならすぐに解いてしまうさ」

言った後、おじさんはつまらなそうにしているゲンキに視線を向けて意地悪を言った。

「ゲンキにはちょっと難しいかもしれないけどな」

ダイチと比べられたゲンキは途端に不機嫌になってしまった。

「勉強なんてしたって意味ねえや。ボールを遠くに飛ばせる方が恰好《かっこう》いいやい！」

ゲンキはそう叫んでセイおじさんの住居を飛び出していった。

「やれやれ困った奴だ。おい、夜ご飯はみんなで協力して作るんだぞ」

「わかりました」

ダイチが代表して返事した。アリサはゲンキが気になり跡を追った。ゲンキは自分たちの住居には戻らず、スタスタと北の方へ歩いていく。地面に落ちているボールやオモチャには目もくれなかった。ミン村は百万個の地雷に囲まれている。ここから三キロ進むと地雷地帯だ。アリサは悪い予感がしてすぐにゲンキを止めた。

「どこ行くのゲンキ」

ゲンキはアリサの手を振り払って乱暴な口調で言った。

「うるせえやい！　ついてくるな！」

「また地雷の所に行くんでしょ」

ゲンキはビクと足を止めた。

「だったら、何だっていうんだ」

バツが悪そうに目をそらし、歯切れ悪く言った。やっぱりそうかとアリサは太い息を吐いた。ゲンキは不機嫌になったりつまらないことがあったりすると、必ず地雷地帯まで行って、その中に石を放り投げて地雷を爆発させる。それで気分が晴れるというのだ。

「ダメだよ。地雷の所には近づいちゃいけないって、おじさんにいつも言われてるでしょ」

おじさんに怒られるのが怖くて一度は躊躇《ちゅうちょ》するが、簡単に言うことを聞くゲンキではなかった。

「うるせえ。黙ってればわからねえや」

「私、おじさんに言うからね」

ゲンキはアリサをキッと睨《にら》み付けた。しかしアリサは少しも怯《ひる》まなかった。ゲンキは四人の中で一番力があり喧嘩《けんか》が強い。だからといって引いてはならない。怯んだ瞬間に調子に乗る性格だとアリサは知っている。

二人が言い争っているのを見て、ダイチとヒカルもやって来た。ヒカルの胸にはシロが抱かれている。ゲンキは二人が来て面倒臭そうに顔を顰《しか》めた。

「どうしたんだ二人とも」

ダイチが聞いた。先程のこともあり、ゲンキはダイチに喧嘩《けんか》腰《ごし》だった。

「お前には関係ねえや。大人しく勉強でもしてろ！」

アリサはゲンキを制してダイチとヒカルに説明した。

「ゲンキがまた地雷の所に行くって言うの」

地雷と聞いて、ダイチとヒカルの肩がビクリと跳ねた。ダイチは慌ててゲンキを止めた。

「それはいけないよゲンキ。おじさんに地雷の所に行ってはいけないって言われてるじゃないか」

必死に訴えるダイチを見て、ゲンキは鼻で笑った。

「おじさんおじさんて、お前ら地雷が怖いだけなんだろ。びびってんじゃねえよ、この臆病《おくびよう》者が。だからお前は勉強でもしてろって言ったんだ」

ゲンキに馬鹿にされたダイチは顔を真っ赤にして言った。

「べ、別に地雷なんて怖くないよ。ゲンキに何かあったら心配だから言ってるんだ」

「大丈夫だよ。遠くから石を投げるんだ。スカッとするぜ。お前らも行こうぜ」

ゲンキは急に態度が変わって三人を誘い出した。仲間と行けばおじさんにバレないと思っているらしい。

「どうだ、行かねえか？」

黙っている三人を見てゲンキはククと笑った。

「何だ何だ。やっぱりびびってるんじゃねえか」

そこまで言われるとアリサは引けなかった。女だから臆病なんだとは思われたくなかったのだ。

「分かった。行くよ」

渋々了解した。ダイチも躊躇しながらも一歩前に出た。

「俺も、行くよ」

ヒカルだけはまだ迷っているようだった。

「ヒカルも行こうぜ」

ゲンキに誘われたヒカルはシロを強く抱きしめて首を振った。

「僕は行かないよ。シロが驚いて死んじゃうもん」

「シロは置いていけばいいだろ」

いつもは気弱なヒカルだが、シロのことになると過剰な反応を見せる。ヒカルはゲンキを鋭く見返した。

「それはできないよ。一人にしたら可哀想だもん」

ゲンキはつまらなそうな顔をした。

「あっそう。じゃあお前は家にいろよ。そのかわりおじさんには絶対に言うなよな」

ヒカルは下を向いたままコクリと頷《うなず》いた。

「分かったよ」

ゲンキはダイチとアリサに行こうぜと言って、ジャージのポケットに手を突っ込んで歩き出した。少し歩いたゲンキはヒカルのことが気になったらしく、ヒカルを振り返って手を挙げた。

「すぐに帰ってくるからよ。そしたら夕食作ろうぜ」

ゲンキが優しく言うとヒカルは嬉しそうに返事して、住居に戻って行った。

ゲンキを先頭に、三人は地雷地帯を目指して広大なサバンナを歩いた。今は乾期のため地面は乾燥しひび割れている。あちこちに生えている草も萎《しな》びている。気温は現在四十度近くはあるはずだ。露出している肌に太陽の日射しが突き刺さる。まるで燃えさかる炎の中にいるようである。しかし彼らはこの環境で約十五年間も暮らしてきた。暑さは苦ではなかった。今日は風があるので水分なしでも歩ける。

三人は砂埃《すなぼこり》の舞う大地を歩く。進んでも景色は変わらないが、もうじきデンジャーと書かれた赤い看板が見えてくるはずだ。

地雷地帯に向かっているはずなのに、ゲンキの足取りは速い。地雷が爆発する瞬間を想像して高ぶっているようだった。

アリサもこれまで何度となく爆発を見てきたから、地雷地帯に向かうのを恐れてはいない。だが心配なのは、セイおじさんにバレることである。あれほど注意されているのに、地雷地帯に行ったことがバレて嫌われるのが不安だった。

「ねえおじさんに気づかれてないかな？」

ゲンキは何も恐れてはいないようだった。

「大丈夫さ。ヒカルが言うわけないだろ」

「そうだけど」

「それよりお前ら、適当な石見つけておけよな」

ゲンキはいつの間にか拳《こぶし》くらいの石を手に持っていた。これを投げて地雷を爆発させるのである。アリサとダイチも地雷が反応するくらいの石を探し、手に取った。

歩き始めてから十五分が経ったか、前方にいくつもの看板が立っているのが見えてきた。看板に書かれてあるマークと文字はどれも一緒である。ドクロにデンジャーの文字だ。この看板を見るたびに心臓の鼓動が速くなる。

看板を越えると、地面には百万個の地雷が埋まっているとセイおじさんは言う。足を踏み入れた瞬間に身体が粉々になって死ぬから絶対に近づいてはいけない。小さい頃からそう注意されて育ってきた。

村の生活はのんびりしていて平和だが、すぐ近くにこうして地雷地帯がある。おじさんは、人が死んだら天国か地獄に行くとよく言うが、まさにこの大地も天国と地獄に分かれていると思った。

ゲンキは看板の少し手前で足を止めた。今立っている所と看板の向こうは見た目は変わりないが、そこに無数の地雷が埋まっていると思うとやはりゾッとする。

「よし、俺から投げるぜ！」

ゲンキは、もう待ちきれないといったように手に持っていた石を看板の向こう側に思い切って投げた。

石は、放物線を描いて地面に落ちていく。

石が着地した瞬間、凄《すさ》まじい爆発音とともに、心臓に響くほどの爆発が起こった。上空に黒い煙が舞う。そこだけ空が真っ黒く変わった。

アリサはまだ心臓がドキドキしているが、ゲンキは異常に興奮している。地雷を爆発させた後はいつもこうだった。ゲンキは大空に向かって吠《ほ》えた。

「おい、お前らも早く投げろって」

ゲンキは地雷地帯を指差して二人に言った。本心ではあまり乗り気ではないダイチは、適当に石を放り投げた。二度目の爆発が起こると、ゲンキは更に高ぶった。アリサの鼓動は速いが、爆発を平然とした表情で眺めていた。この光景は幾度となく見ているので、驚くことも、耳を塞《ふさ》ぐこともない。

「ほらほらアリサも」

ゲンキに急《せ》かされてアリサは頷いた。そして右手に持っていた石を、地雷地帯に向かって高々と投げた。

ゲンキがこの地雷地帯で遊ぶようになったのは三年ほど前からだが、今日までに何百と地雷を爆発させてきた。しかし未《いま》だにどこに石を放っても『外れ』はなく必ず爆発するのである。

画面の向こうで爆発が起こった時、正也は思わずのけ反った。モニター越しではあるが、爆発の威力は凄まじいものだと分かった。ヘッドホンをつけるよう指示されていた正也だったが、鼓膜が破れそうなほどの爆発音に耐えきれずヘッドホンを離した。

正也は、牢獄《ろうごく》で画面を見つめる女と、一人の大人と四人の子供たちの映る画面をもう三時間以上も見せられている。その間、秋本はずっと黙って一緒に画面を見ていた。何を質問しても笑顔で流すだけで、何も語ろうとしない秋本に段々苛立《いらだ》ちが募ってきたが、ヘッドホンから聞こえてくる子供たちの会話で、彼らの暮らしている場所には無数の地雷が埋められているということが分かった。大人と子供たちは日本人だが、風景を見ただけでここが日本ではないということは容易に分かる。ならば戦争の名残で未だ多くの地雷が埋められているカンボジアだろうかと考えたが、どうやらそんな雰囲気でもない。正也の知るカンボジアならもっと自然に恵まれているはずだ。木々が生い茂り、たくさんの住居が建ち並び、多くの人間と動物たちが暮らしている。しかし彼らの暮らす場所はサバンナのようだ。乾燥した地面はひび割れ、草は萎びている。見る限り緑などどこにもなかった。辺り一面、寂しい風景なのだ。不思議なのは、一人の大人と四人の子供以外、まだ人間を見ていないということだった。ただ見なかっただけかもしれないが、彼らの暮らす住居以外、どこにも建物がないのである。

彼らの暮らしている場所には多くの監視カメラが設置されているようだ。今モニタールームに映し出されているのは、牢獄の女と、家の中で仲間を待つ、犬を抱いた小柄な少年と、先程まで授業が行われていた家でくつろぐ大人。そして地雷地帯の前にいる三人だ。よく考えてみると、住居内の二人は分かるが、外にいる三人はどうやって撮っているのだろうと思った。彼ら以外人間はいないはずなのに、カメラは三人を追い続けている。声もしっかり拾っている。

横で怪しい笑みを浮かべながらモニターを見ていた秋本が、やっと口を開いた。

「どうです？」

どうですと言われても答えようがなかった。

「この映像は一体何なのですか？」

正也はそう聞き返すしかなかった。秋本は画面を指差しながら言った。

「ここには、この大人と四人の子供しか暮らしていません」

やはりそうだった。彼らは五人だけで暮らしているのだった。

「徳井くんも見て知った通り、赤い看板の先には無数の地雷が埋められているのです」

正也は三人の映る画面を見た。看板の手前と先は一見何ら変わりないが、どうやらそのようなのだ。

「ここは日本ではないようですが、どこなのですか？」

秋本はゆっくりと首を振った。この緩慢な動作と喋《しゃべ》り方が正也をまた苛立たせた。

「それは教えることはできません」

「教えられない？」

正也は思わず語気が強まった。

「これは極秘に行われている特別な刑罰なので、一看守に場所まで教えることはできません」

正也は秋本の言っている意味がさっぱりわからなかった。

「極秘？　刑罰？　仰《おっしゃ》っている意味がよくわからないのですが」

秋本は、今度は牢獄の女を指差した。

「この女の刑罰が執行されているのですよ」

正也は牢獄の女が映し出されているモニターを見た。この女が何らかの罪を犯して牢獄に入れられているのは容易に理解できるが、それとこの子供たちの映像と何の関係があるというのか。女は何をあそこまで真剣にテレビ画面に集中しているのだろう。

牢獄の前に連れて行かれた時は白い髪の女に驚き、牢獄の中の不自然さに気がつかなかったが、そもそも牢獄の中にテレビが設置されていること自体おかしい。

ここは一見普通の刑務所だが、何か雰囲気が変だ。

「この女の名前は豊田《とよた》聖子《せいこ》、今年で四十五になります。この女は今から約十五年前、ある男を刺し殺し、バラバラにして遺棄したのですよ」

内容は穏やかではないが、秋本は表情と喋り方を崩さずに話した。

正也は白い髪の女をもう一度見て息を呑《の》んだ。

「バラバラ、殺人ですか」

白い髪の女は、死んだような目をしていたが目つきはきつく鋭かった。あの女ならやりかねないと思った。

「そうです。その時に豊田のお腹には子供がいました。豊田が刺し殺したのはその父親だったのです」

正也は秋本に素早い視線を向けた。殺されたのは意外な人物だった。

「父親？」

「ええ。もうじき赤ん坊が生まれてくるというのに、父親を刺し殺したのです」

正也には想像がつかなかった。普通、子供が生まれてくるのであれば、お互い幸せに包まれているはずなのではないか。なのになぜ殺人事件が起こるのだ。

「どうしてです？」

「そりゃ、憎かったからでしょうね。狂った女ですよ。殺した後バラバラにして、様々な場所に身体を棄てていった。頭を棄てる時は、ビニール袋に入れて電車で棄てに行ったというのですから、相当怖い女ですよ」

女の行動は尋常ではない。普通の精神ではそこまでできないと思った。秋本は憎かった、の一言で済ませたが、殺された男と豊田の間には相当深い何かがあったに違いなかった。

「女が殺人を犯してこの牢獄に入れられているのは分かりましたが、なぜ彼女だけ地下の牢獄なのです。一番分からないのは、この子供たちと一体何の関係があるというのですか」

秋本は、不思議がるのは当然だというように二度三度と頷《うなず》いた。そして、地雷地帯から住居の方へ帰る三人が映っている画面を指差して言った。

「この真ん中を歩いている女の子がいるでしょう。彼らの間ではアリサと呼ばれていますが、このアリサという女の子が、豊田の娘なのですよ」

正也は画面を見つめたまま呟《つぶや》いた。

「この子が、豊田の娘……」

「そうです。母親とは違って純粋そうで可愛いでしょう？」

正也にとってはそんなことはどうでもよかった。なるほど、豊田が真剣に画面を見つめている理由が分かった。豊田は自分の子供を見ていたのだ。しかしまた新たな疑問が生まれた。

「なぜ自分の娘を観察させるようなことを？　ここは日本ではないですよね？　なぜこの子がここで暮らしているのですか？」

正也は矢継ぎ早に聞いた。しかし秋本の喋りは相変わらず緩慢だった。

「彼女たちの暮らすこの場所には、無数の地雷が埋まっています。それをお忘れですか？」

何だか馬鹿にされたようで正也は腹が立った。

「知っていますよ」

「もし君がこの子の父親だとして、子供が地雷地帯で生活しているとしたら、どう思いますかね？」

正也は考えるまでもなかった。

「そんなの決まっているじゃないですか。放っておけませんよ」

「でも牢獄に入っている身なのですよ？」

正也は言葉に詰まった。牢獄に入っている身だとしたら、助けることはできない。豊田のように、テレビ越しに見守ることしかできない。

正也は、牢獄の女と子供たちの画面を見比べた。この地下では、一体何が行われている？

「徳井くん」

正也は秋本に視線を戻した。

「はい」

「君は、YSCプロジェクトを知ってますか？　青少年自殺抑制プロジェクトです」

YSCプロジェクト。正也は何となくだが知っている。全国から無作為に選出された子供の心臓に特殊なチップを埋め込み、本人にボタンの付いた機械を渡す。そのボタンを押せば心臓が停止する仕組みになっている。

選ばれた子供たちは独居房のような所に閉じこめられ、無の生活を送る。何の罪も犯していないのに、囚人のような生活をさせられるのだ。高ストレス環境の中で耐えきれなくなった子供はスイッチを押し死んでいく。政府は、青少年の深層心理解明のため、と言っているようだが、正也は甚だ疑問だった。人の命をゴミのように扱う政府に怒りすらおぼえる。こんなことをして一体何の意味があるというのだ。大人たちの趣味の悪い道楽にしか思えないのだ。

YSCプロジェクトは未《いま》だに続けられているようだが、正也はどこでそれが行われているのか知らない。ニュースで知っただけだし、当然現場など見たことがないので想像の範囲だ。しかし現実に、プロジェクトは日本のどこかで行われている。

正也が知っていると答えると、秋本はよろしいと頷いた。

「ＹＳＣプロジェクトが開始されてから約十三年。政府は新たな刑罰を作り実行しました。それがこれですよ」

と秋本は顎《あご》をしゃくった。正也は、少しずつだが豊田が受けている刑罰が見えてきた。

「自分の娘を危険な場所で生活させ、牢獄《ろうごく》の中で観察させるというのですか」

秋本は感動したような声になった。

「その通り。君はかしこいですね」

正也は信じられなかった。そんな刑が実際にあるのか。しかしこの画面が証拠である。

「子供たちがいる村には至る所に監視カメラが設置されています。子供たちはカメラがあることを知りません。このモニターは、子供たちがどこにいても彼らを映します。外に出た時は軍用超小型飛行カメラが彼らを追うのです。高性能でしょう？」

先程抱いたカメラの謎は解けたが、そんなのはもうどうでもよかった。

「信じられないといった顔ですね。分かりますよ。この刑は一般には公表されていませんからね。ここにいる受刑者も知りません。地下で密《ひそ》かに執行されているのです」

当たり前だ。こんなことが世間に知れたら日本中は大騒ぎになる。

「日本政府は豊田が殺人を犯し、娘を産む前にこの刑罰を作り、地雷村を完成させました。そして豊田が娘を産んだ直後、娘をこの地雷村へと送ったのです。この刑が執行されてからもうじき十五年が経ちます」

正也はまた驚いた。

「十五年。十五年間も彼女たちはここにいるのですか」

「その通りですよ」

つまり十五年間も豊田はあの牢獄の中で、地雷に囲まれた娘を見続けてきたということか。そんな緊張状態の日々が続けば、髪は真っ白になり窶《やつ》れるのは当然である。

秋本は突然ククと笑った。

「牢獄の中で、地雷に囲まれた娘を見続ける。これは親にとったら死刑よりも苦しい刑ですね」

秋本は心底楽しそうだった。

「殺人を犯した豊田が刑を受けるのは当然ですが、子供には何も罪はないじゃないですか」

「その通りです。だから子供たちには、不自由のない生活をさせています。気候的には苦しい環境ですが、米やパン、肉や魚や野菜といった食糧には飢えていません。だからほら、四人とも顔色が良くて元気でしょう？　一週間から十日に一度、ヘリで物資を送っているのです。最低限の生活はさせています」

正也は豊田とは全く関係ないが、それで納得できるはずがなかった。

「いやしかし」

秋本は正也を遮った。

「心配ありませんよ。子供たちには育ての親がいます。そう、この男です」

秋本は白衣を着た小柄な男を指差した。正也も先程からこの男が気になっていた。白髪だらけの髪は手入れをしておらずボサボサで、顔は皺《しわ》だらけで鼻から下が白髭《ひげ》で覆い尽くされている。小汚いが、目は優しそうで澄んでいる。笑うと皺が寄り、可愛らしい顔になる。穏やかで優しそうな老人だった。

「この男は昔ホームレスでね、毎日酷《ひど》い暮らしをしていたらしく、国が拾ったのですよ。地雷村で子供たちを育てる仕事と引き換えにね」

正也は、信じられないといった目を老人に向けた。

「では彼も十五年間、ここで？」

「そうです。ホームレスより、十五年間危険地帯ではあるが毎日三食喰《く》えることを選んだのです」

正也は、自分だったらどうするだろうと考えた。ホームレスの経験はないが、そんな仕事をするくらいだったらホームレスのままの方がいいと思った。

「男は国に言われた通り、しっかり子供たちを教育してきました。昔保育士だったらしいので、子育ては慣れたものです。勉強だけではなく、もちろん地雷の恐ろしさも教えてきました。だから地雷地帯に行かなければ安全な日々なのです」

秋本は簡単に言うが、先程の爆発を見なかったのだろうか。もし事故が起こったらどうするというのだ。

「しかしですね」

正也はこの時、肝心なことに気がついた。彼女以外の他の三人の子供である。

「三人の男の子がいますが、もしや彼らも？」

「ええ、ええそうです。可哀想に、生まれて来る前、もしくは生まれた直後に、親が豊田とほぼ同時期に罪を犯したのですよ」

「ということは他にも三人、この刑を受けているということですね？」

「三人だけではありませんよ。この刑が初めて執行されてからもうじき十五年が経ちますからね。数は知りませんが、第一号である『豊田組』の他に、二号、三号と刑を受けている者たちがいるはずです」

「つまりそれだけ、子供が犠牲になっているということですね」

秋本は、正也がここまでショックを受けるとは思ってもみなかったのだろう、彼の

肩を軽く叩《たた》いて、

「君がそこまで心配することではありませんよ」

と言った。

「ですが、罪のない子供をこんな場所で暮らさせるなんてあんまりじゃないですか。国はなぜこんな刑を作ったのです」

「それはもちろん、犯罪者を苦しめるためですよ」

「ですが受刑者の親族が黙っていないでしょう。罪のない子供が犠牲になっているんですよ」

「そんなものは色々な手で解決できますよ。ちなみに豊田の両親はお金で解決しました。多額の借金があったみたいでね、相当悩んだようですが、大金と引き換えに娘と孫には一切関わらないと約束しましたよ。もっとも、刑の内容は伝えていません。知ったらどうなっていたでしょうね」

正也は大きなショックを受けた。どんな事情があれ、娘と孫を金で交換する人間がこの世の中にいるというのか。

「そんな馬鹿な」

「まあまあ安心してください。もうじき、子供たちの生活も終わりますから」

「終わる？」

「そうです。豊田たちの刑期は十五年。あと三十日ほどで刑は終了します」

正也はそれを聞いて少し安心した自分がいた。しかし彼女たちを十五年間もあんな場所に閉じこめていたのは確かだ。日本政府の罪は大きい。

「そこでなんですがね」

秋本の声の調子が少し真剣なものに変わった。

「君をここに連れてきた理由ですがね」

そうだ、正也はそれをすっかりと忘れていた。これから秋本に何を告げられるのか。ここは一見普通の刑務所だが、地下でひどいことが行われている。正也は緊張した。

「君には、このモニタールームで三十日間、つまり豊田が出所するまで、豊田と子供たちの生活を観察してもらいます」

もっと過酷な仕事をやらされると想像していた正也は拍子抜けした。

「観察、ですか。ただそれだけですか」

「ええ、ただそれだけです。このモニタールームに朝から晩までいればいいんです。細かく言えば、子供たちが起きる朝九時くらいに来て、子供たちが寝るまで観察すればいいのです。子供たちが寝るのは大体十時前後ですから、そう遅くはなりませんよ」

秋本は言った後、フフフと笑った。この笑みの裏に何かが隠されているようでならなかった。

「本当にそれだけですか」

「そうですね。それだけと言っていいでしょう。他にやることといえば、朝、昼、晩、豊田に食事を運ぶくらいでしょうか」

「しかし、何のために？　僕がモニターを観察することに意味があるのでしょうか？」

「特別な意味はありませんよ。とにかく私の指示に従ってください。給料の額を考えたら、観察するくらい簡単でしょう？」

それを言われると正也は弱い。三十日間観察して大金を貰《もら》えるのだ。断る理由がなかった。しかしその先が心配である。三十日間の仕事が終わったら、自分はどのような仕事をやらされるのか。気になるが、今それを聞いても答えてくれそうになかった。

「分かりました」

了解すると秋本は、ポケットの中から三つの鍵《かぎ》をとりだし、それを正也に渡すと一つひとつ説明した。

「これがモニタールームの鍵で、この小さいのがロッカーの鍵です。今からロッカールームに案内します。そこで制服に着替えてください。そして最後に、これが牢獄《ろうごく》の鍵です」

正也は秋本を止めた。

「ちょっと待ってください。牢獄の鍵? 僕がもっているんですか?」

「もちろん。君が彼女に食事を運ぶんですからね。それと、滅多にないことですが、外に出たいと言ってきたら一緒に散歩してあげてください」

「はあ……」

「あと、モニタールームの機械の説明を簡単にしておきましょう」

秋本はそう言って、機械の説明を始めた。正也は機械は苦手だが、何てことはなかった。各カメラの向きを変えたり、ズームしたりする方法や音声の切り替え方といった簡単な説明だった。

「まあ、すぐに慣れるでしょう。それではロッカールームに行きましょうか」

正也は返事して、秋本と一緒にモニタールームを出た。

秋本の命令で、モニタールームで豊田や子供たちを観察するという謎の仕事を任されたが、ただ観察するだけとは思えなかった。観察するだけにしては見返りが大きいのだ。しかし怪しいとはいえ自分には金がいる。罪のない子供を犠牲にするこの刑には憤りを抱くが、任された仕事をこなすつもりだ。

それにしてもこの日本でまさかこんな刑が執行されているとは思わなかった。もしかしたら自分の知らない所で、もっと他にも残酷なことが行われているかもしれない。

正也は前を歩く秋本の背中を睨《にら》むように見た。この男、終始穏やかだが何を考えているのか分からない。刑務所内を監視する仕事ならまだしも、豊田や子供たちを観察することに何の意味があるというのか。秋本は特別な意味はないと言ったが、真の目的があるのは明白だった。

豊田聖子は、娘が地雷地帯から何事もなく住居に帰るのを見て胸を撫《な》で下ろした。地雷地帯の手前とはいえ、いつどんな事故が起こるか分からない。娘があそこに近づくだけで胸が苦しい。お願いだからお母さんを心配させないでほしい。娘と一緒に暮らしているゲンキくんは、むしゃくしゃしたことがあるとすぐに地雷地帯へ行き地雷を爆発させる。一人で行くのは勝手だが、娘を連れていくのはやめてほしい。子供たちは遊びのつもりだが、見ている方は寿命が縮まるおもいだ。もし娘に何かあったら私はもう生きていけない。娘の存在があるから私はこの中で十五年間も生きてこられた。罪のない娘をあんな場所で暮らさせる国は憎いが、娘は元気に生きてくれている。それが救いだった。もしあの時、娘が流産していたら私はとっくに舌を噛《か》みきって死んでいただろう。

豊田聖子の脳裏に、男の顔が浮かんだ。思い出したくもない顔だが、一度脳裏に浮かぶと怨念《おんねん》のようにしつこくちらつく。豊田は感情をおさえられず、奇声を上げて頭をかきむしった。

今から約十七年前、豊田は大手企業の受付をしていた。保田雄一《やすだゆういち》とはそこで知り合った。当時保田は三十一歳で彼女の三つ上だった。保田は背が高くてスラリとしていて、顔はそこそこだったが清潔感があり、受付にも優しく接してくれた。受付の間で噂されないわけがなかった。

その保田がある日、豊田を食事に誘ってきた。受付の間で人気の高かった保田が自分を誘うなんて信じられなかったが、彼女は喜んで受けた。

保田が連れていってくれた店は銀座にあるお洒落《しゃれ》な高級イタリアンだった。堅苦しい雰囲気だったが保田が気を遣って色々な話題をふってくれたおかげで豊田は緊張せず楽しい一時を過ごせた。

それから週に一度、保田は豊田を誘ってきた。保田は女の扱いが巧《うま》く、遊び慣れている感じだったが彼女は保田のことを真剣に想うようになっていた。やがて二人はつき合うようになり、豊田は幸せな日々を過ごしていたが、時が経つにつれ、徐々に保田の行動に不審な点が出てきた。土日は必ず用事があり、平日アパートに夕飯を食べに来ても絶対に泊まることはせず、夜中にタクシーで帰っていく。仕事が残っているから、というのが彼の言い訳だった。なら私があなたの家に行くと言うと、保田はそれを極度に嫌がった。自宅の住所まで教えないのだ。豊田は保田の隠し事が何なのか大体見当はついていたが、案の定保田には家庭があった。男には妻だけでなく、三歳の子供までいたのだ。豊田が問い詰めると保田は意外にも簡単に白状したのだった。それはもう開き直りに近かった。

真実を知った時、予測していたとはいえ豊田はショックを受けた。しかし保田を恨むという気持ちはなく、真実を知っても、保田に対する想いは変わらなかった。だからといって奥さんと別れてくれとは言わなかった。罪のない子供を不幸にしてはならないと思ったのだ。

保田に家庭があっても、豊田は彼と続けていきたいと願った。二番でいいから一緒にいたかった。しかし保田は家庭のことがバレると急に態度が冷たくなり、別れを切り出してきた。豊田は別れたくないと泣いて訴えたが、保田が心変わりすることはなかった。

諦《あきら》めかけた、ちょうどその頃である。豊田のお腹に保田の子がいることが分かった。彼女は保田に、お腹にいる赤ん坊のことを話した。相手の家庭を壊してはならないと分かってはいるが、赤ちゃんがいると言えば保田は奥さんと別れて私と一緒になってくれるのではないかと、心のどこかで期待していたのかもしれない。

しかし保田は喜んでくれるどころかもっと態度が冷たくなった。そんな子供認められるわけがない。早くおろせと言ってきたのだ。

この瞬間、豊田は保田のことは諦めたが、赤ん坊まで諦めることはできなかった。自分のお腹に宿った子供を殺すなんてできるはずがなかった。懸命に生きようとしている赤ん坊を殺すなんて自分にはできない。

豊田は産むことを決意したが、保田がそれを許さなかった。あなたには絶対に迷惑はかけない、一人で育てていくと言っても保田は子供を堕胎させようとした。豊田は念書まで書いたが、保田は子供が生まれてくることを嫌がった。豊田はその理由が分かっていた。保田は、隠し子の存在が会社にバレて出世の妨げになるのを恐れていたのだ。下手したらクビだ。もしそうなれば家庭も失う。保田は人生が崩壊することに怯《おび》えていた。

しかし豊田は本当に保田に迷惑をかけるつもりなどなかった。生まれてくる子供と二人で幸せに暮らしていくつもりだった。

だが保田は最後まで疑っていた。頑《かたく》なに堕胎を拒否する豊田に憎悪を抱き始めた。

そして男はとうとう行動に出たのだ。

豊田のアパートにやってきた保田は、豊田のお腹目がけて蹴《け》り上げた。口で言っても分からないならと、流産させようとしたのだ。

豊田はこの瞬間、保田に殺意を抱いた。赤ん坊の命を奪おうとする男のことがどうしても許せなかった。保田を殺さなければ赤ん坊が殺される！　もし保田を殺害すれば生まれてくる子供はどうなるか、冷静であれば分かることだが、豊田は我を失っていた。台所にあった包丁で、保田の腹を何度も刺した。人間の身体を刺す時、まるで豆腐のようだとドキュメント番組に出ていた人間が言っていたが本当にそうだった。

保田は、出血多量で間もなく死んだ。彼女は、目を剝《む》き舌をダラリと出して倒れている保田を憎々しい目で見下ろしていた。床に流れた生ぬるい血が足に付着した時、彼女は汚らしいと、血をフローリングに擦《こす》り付けた。

豊田は少し落ち着いた時、恐怖よりも、遺体をどこかに隠さなければならないというおもいが先にきた。自分が捕まれば、子供は一生不幸な人生を歩むことになると今更気づいたのだ。

豊田はその夜、自宅から離れたディスカウントショップでノコギリを購入し、保田の遺体をバラバラに切った。さすがに首を切る時は勇気がいったが、他の部位は淡々とこなした。そして保田の身体を山林やゴミ捨て場など様々な場所に棄てた。

彼女は最後の部位を棄てた時、これで完全犯罪が成立したと本気で思っていた。だが、警察が豊田の存在を見逃すはずがなかった。豊田は保田との関係を周りに隠していたが、周囲が二人の関係を見抜いていた。その情報を入手した警察は豊田のアパートを家宅捜索し、方々から保田の血痕《けっこん》が見つかったことから、豊田は殺人、及び死体遺棄の被疑で逮捕された……。

しばらくして、子供は警察病院で無事生まれた。二千六百グラムの元気な女の子だった。保田に乱暴され、自分は重大な罪を犯してしまったが、神様は元気な子供を授けてくれた。

自分はこれから裁判で判決が出た後、刑務所に入る。十年か、十五年か、気が遠くなるような懲役が待っているだろう。子供と別れるのは辛《つら》い。ずっと会えないことを考えると胸が張り裂けそうだった。でも、子供は両親に任せることになっていたので安心していた。

だが、退院してから連れて行かれたのは拘置所でも裁判所でもなく、高尾刑務所の地下の牢獄《ろうごく》だった。裁判も行わず刑務所に連れていかれたので、この時から何かがおかしいとは感じていた。

牢獄の壁にはなぜか大きなテレビがかけられており、スイッチをつけると画面には四人の赤ん坊がゆりかごの中で眠っているのが映った。その横には四十代後半と思われる見窄《みすぼ》らしい恰好《かっこう》の男が立っており、泣き叫ぶ赤ん坊をあやしていた。この映像は何なのだろうと観ていると、高尾刑務所の看守長である秋本がやってきて、赤ん坊たちのいる住居の周りには百万個の地雷が埋まっている、ここはいわば地雷村なのだと説明した。そしてこの中にいる赤ん坊の一人が、あなたの娘だと言ったのだ。

いきなりだったので豊田は混乱した。理解できない自分に、秋本は刑罰の説明を始めた。

秋本は、長い時間を使って豊田に丁寧に説明した。全ての内容を把握した豊田は頭が真っ白になった。そんな刑罰、有り得るはずがなかった。あまりに現実離れしすぎていたので、これは夢なのだと思ったくらいだ。しかし秋本は現実に新たな刑罰が作られたと真顔で言うのだ。

秋本は今日から刑罰が執行されると勝手に決めた。あなたたちが第一号だと心底嬉《うれ》しそうに話した。刑期は十五年。十五年間、娘も地雷村で生活させると言った。

なぜ罪のない娘が危険な場所で暮らさなければいけないのだと、納得のいくはずのない豊田は秋本に抗議した。しかし秋本は、国が決めたことだから仕方がないと聞き入れてはくれなかった。そして最後に、心配なのはわかるが、画面越しに見守ってやれるのだからあなたはある意味幸せだと笑って、牢獄の前から立ち去ってしまった。

一人残された豊田は牢獄の中で叫び訴えた。だが、誰も娘を助けてくれる人はいなかった。とうとう声が出なくなって、画面を見つめた時、娘が大声で泣いていた。豊田には、助けてと言っているように聞こえた。この時彼女は、自分に与えられた理不尽な刑罰の意味を知った。百万個の地雷が埋まっている土地で暮らす我が子を観ているのは、死刑よりも辛い。もっと辛いのは、画面の奥にいる子供を抱けないことだった。目の前に映っているのに、手も届かなければ会話もできない。親にとってはこんな残酷な刑はなかった。この苦しみを味わわせるのが国の狙いなのだとわかった。

牢獄に閉じこめられた豊田には娘を助けることなどできず、ただただ娘の映る画面を見つめるしかなかった。自分の両親が国を相手取って裁判を起こし、娘を助けてくれると期待したが、面会は一切許されないことが翌日明らかとなった。その理由は明白である。世間に事実を知られないためだ。この事実を世間が知れば国中が大騒ぎになる。それを恐れているのだ。両親にはどう説明しているか知らないが、力でねじ伏せているに違いない。

唯一の頼みだった両親との面会を断たれた彼女はどうすることもできず、国の『暴刑』を受け入れるしかなかったのだ。

それから豊田の苦しい日々が始まった。彼女は牢獄から一歩も出ず、食事もほとんど摂らず、画面越しに娘を見守った。ちょっと泣いただけでも心配になり、今すぐ娘の所に駆けつけたい、抱いてやりたいという想いで胸が張り裂けそうになった。毎日が辛く苦しくて、豊田は精神的におかしくなりそうだった。彼女は赤ん坊が泣くたび、死んだ保田を呪った。こんな理不尽な刑罰を作った国を憎んだ。でも一番許せないのは、一時の感情で罪を犯して、娘の自由と幸せを奪った自分自身だった。豊田は保田を殺害したことを後悔した。できることなら時間を巻き戻したかった。しかし後戻りできないことは分かっている。十五年間、娘が無事であることを願うしかなかった。

豊田は娘に毎日毎日ごめんなさいと謝った。声は届かないが、この気持ちは分かってほしかった。でも娘は豊田の存在を知らない。教えられないまま成長していった。娘が赤ん坊の頃は、日に日に成長しているのが分かった。それは嬉しいことだが、やはり苦しみの方が大きかった。大きくなった娘をこの両手で抱けたらどれだけ幸せか。おっぱいを飲ませたい。子守歌を唄《うた》ってあげたい。いくら夢見ても、現実は冷たい牢《ろう》屋《や》の中だった。

唯一救いだったのは、国が子供たちに衣食住の面では不自由させていないということだった。娘を育ててくれているセイという男性も子育てに慣れている。

豊田は、この男が一番謎だった。どういう経緯で子供たちを任されることになったのか。まさかどこかの機関から派遣されたのではあるまい。よほどの事情があるはずだった。そうでなければ十五年間もこんな村で生活する仕事を受けるはずがない。男は何ら不満そうではないが、犠牲者のはずだった。

豊田は、セイについて秋本に聞いたことがあった。

どうやらこの男はホームレスだったらしく、死ぬまでこんな暮らしをするのなら、ミン村の任務を受けないかと国が拾ってきたらしいのだ。男はしっかり事情を把握したうえで任務を受けたらしい。

豊田は、男の考え方がいまいち理解できなかった。いくらホームレスだったとはいえ、普通こんな仕事を受けるだろうか。よほど悲惨な毎日を送っていたのだろうが、変わった人間もいるものだと思った。

秋本の話によると、彼は昔保育士をしていたらしく、だから子供扱いも慣れているそうなのだ。

さすがに元保育士とあって安心して見ていられた。自分では戸惑うだろうなと思う場面も、セイは迅速な対応で解決する。ただ、彼に対して一つだけ大きな不満があった。娘の名前を勝手に『アリサ』とつけていることだ。豊田は男の子が生まれたら聖《せい》矢《や》、女の子だったら聖《ひじり》とつけると決めていた。だからせめて、『ヒジリ』と呼んでほしかった。だがその思いが届くはずもなく、聖は『アリサ』として育てられた。

年月はあっという間に過ぎ去っていった。ついこの間までハイハイだった聖が立ち上がる意志を見せるようになり、何度も尻餅《しりもち》をつきながら自力で立ち上がった。その時の感動は今でも忘れない。気がつけば他の三人と遊ぶようになり、セイの喋《しゃべ》る言葉を真似するようになった。聖が最初に喋った言葉は、『ジージ』だった。セイが自分のことを最初そう呼んでいたのだ。

豊田の一番の心配は無論地雷である。子供たちが外で遊ぶようになって、豊田は毎日気が気ではなかった。少しでも地雷の方へ行くたび、そっちは行っちゃだめと、豊田はテレビの前で叫んだ。しかし彼女が心配するようなことはなかった。四人は絶対に地雷地帯には近づかなかった。セイが、いの一番に地雷の恐ろしさを教えてくれたからだ。口だけではなく、実際地雷を爆発させて子供たちに見せてくれたおかげで、あそこには近づいてはいけないんだという意識が植え付けられた。

セイは地雷のことだけではなく、子供たちがここを出たあと困らないようにと勉強も教えてくれている。豊田はその様子を毎日毎日画面で見ていた。喧嘩《けんか》の多い四人だが、いつも仲良くやっている。娘の笑顔を見ると安心した。

豊田は、子供たちと同じ時間に起き、そして同じ時間に眠った。一緒に生活はしていないが、一緒に生活している風景を思い浮かべて日々を送った。

聖は母親似だった。いや、保田を憎んでいる心が、そう見せていただけかもしれない。聖と保田を重ねたことは一度もなかった。聖に保田の血は流れていないと思い込んだ。

豊田は、娘の人生の節目毎に想像を巡らせた。三歳になった時は、七五三か、着物を着せてやろう。六歳になった時は、もう小学生か、ランドセルを買ってやろう。十二歳になった時、彼女も中学生だな、制服はブレザーかな、セーラー服かなと、牢獄の中で想像した。しかしすぐに現実に引き戻され、虚《むな》しくなるのだった。

だがもう少し、あと少しの辛抱だ。もうじき、自分の描き続けた夢が現実のものになろうとしている。長い長い刑期が、あと三十日で終了するのだ。苦しくて辛《つら》い十五年だったが、今思えばあっという間に感じる。すぐ傍で、娘の成長を見て来られたから耐えられたのだ。

娘に会ったら、まずは思いっきり抱きしめてやりたい。そして自分の過ちを詫《わ》びるのだ。こんな白髪だらけの女が突然現れたら驚くかもしれないが、聖ならすぐに母親だと分かってくれる。

豊田は夢が膨らむ。今年はもう無理だが、聖には来年、高校を受験させる。今の学力では高校へは入れないかもしれないが、聖は頭のいい子だ。一年間勉強すればすぐに周りに追いつく。何としてでも学校に入れてやりたいのだ。そしてたくさんの友達を作って、充実した毎日を送ってほしい。

部活はどの部に入るだろう。学校から帰ってきたら美味《おい》しい料理を食べさせてやりたい。服もいっぱい買ってやりたい。一緒にお風呂《ふろ》も入りたい。寝る時は隣に布団を敷いて、一日の出来事を話し合って眠るのだ……。

高校を卒業したら大学に入れてやるつもりだ。そのために必死になって働く。学費が足りないなら夜だって働くつもりだ。聖にはもう二度と不憫《ふびん》な生活はさせたくはなかった。不自由のない暮らしをさせてやりたい。

大学を卒業したら、聖はどんな職業に就くだろう。これもまた夢が膨らむが、贅沢《ぜいたく》は言わない。元気でいてくれればそれでいい。

豊田は、娘に感謝の想いで一杯だった。よくぞ十五年間、大きな病気や事故に遭うことなく元気に成長してくれた。希望の光があったから、十五年間という気が狂いそうな年月を耐えてこられた。

娘をここまで育ててくれたセイにも感謝している。彼の教育のおかげで娘は素直で優しい子に育った。

出所まであと三十日。あと三十日間辛抱すれば娘に会える。

どうか残り三十日間、何事もなく無事でいて……。

アリサたちの今日の晩ご飯はカレーライスだった。四人ともカレーライスが大好きで、週に一度はカレーを作る。特にゲンキは、毎日カレーでもいいというくらい大好物だった。

地雷地帯から帰ってきた三人は、住居内でシロと遊んでいたヒカルを呼び、一緒にカレーを作った。アリサが何種類ものスパイスをブレンドし、ゲンキが米を炊き、ヒカルが野菜と肉を切る。そしてダイチがカレーを煮込み、盛りつける。このように各料理に担当が決まっていて、カレーの時はこの流れで進む。

もちろんシロのご飯も忘れてはいない。作るのは決まってヒカルだった。

夕陽が沈むと、ミン村は真っ暗闇となる。アリサたちはオイルランプを灯《とも》し、五人輪になってカレーを食べた。夕飯はいつもこうして外で食べる。

今日のカレーライスも絶品だった。ゲンキは早くもおかわりする勢いだ。セイおじさんも美味しいというようにコクコクと頷《うなず》いている。アリサはおじさんの反応が嬉《うれ》しかった。セイおじさんに教えてもらった通りできるとハッピーな気分になる。

セイおじさんが最初に教えてくれた料理がこのカレーライスだった。セイおじさんが作ったカレーライスを初めて食べた時、アリサたちは声を上げて感動した。おじさんのように美味しいカレーを作るんだと、四人が一丸となって挑戦したのをアリサは十年近く経った今でも憶《おぼ》えている。

最初は、セイおじさんが作ってくれたレシピ本を見てもうまく作れなかったが、今ではレシピ本を見なくても、スパイスの割合が頭に染み付いている。他の料理も同様だった。毎日セイおじさんに料理を教えてもらっていた四人は、作れないものはないくらいレパートリーが豊富で、技術も上達していた。最近新しくパエリアという料理を教えてもらったのだが、一度教えてもらっただけで彼らは完璧《かんぺき》にこなしたのだった。

皆、十分もしないうちに一皿目を終え、二皿目を口に運んでいる。セイおじさんもおかわりしてくれた。が、アリサはセイおじさんの様子がいつもと違うことに気づいた。いつもは、美味しいよと褒めてくれるのに、今日は何も言ってくれない。顔は満足そうだが、何も話してくれないのだ。アリサはもしかしたらと不安になった。セイおじさんはアリサの顔色に気づき、カレーを食べながらボソリと言った。

「ゲンキ、ダイチ、アリサ。お前たちさっき、地雷の所に行っただろう」

三人の動作がビクと止まった。アリサは、やっぱりバレていたんだと顔を顰《しか》めた。

ゲンキはヒカルを睨《にら》み付けた。

「お前、おじさんに言ったな」

ヒカルは慌てて首を振った。

「僕、言ってないよ。本当だよ」

「嘘つけ」

「嘘なんてついてない！」

おじさんはカレーライスに視線を落としたまま言った。

「ヒカルは言ってないよ。おじさんが見てなかったとでも思っているのか？」

顔は怒っていないが、声がいつもより低いので三人はハラハラした。約束を破ったのだ。怒鳴られるのを覚悟していた。

アリサは、言い出しっぺのゲンキの袖《そで》を引っぱった。

「ほら、だから止めようって言ったでしょ」

「何だよ、俺のせいかよ」

ゲンキは口を尖《とが》らせた。

「ゲンキが行こうって言ったんだから、ゲンキのせいだよ」

ダイチは当たり前のように言った。ダイチにも責められたゲンキは頭にきて勢い良く立ち上がった。

「何だよ。そんなに言うなら勉強でもしてればよかっただろ」

ダイチは相手にしなかった。カレーを口に運びながら言った。

「それはこっちの台詞《せりふ》だよ。少しくらい勉強したらどうだ？」

「何だとテメエ！」

つかみかかろうとしたゲンキをセイおじさんが止めた。

「やめなさい！」

セイおじさんが一喝するとゲンキの動きが止まった。

「ゲンキ、座りなさい」

ゲンキはふてくされながらも素直に座った。セイおじさんは一人ひとりの目を見ながら話した。

「誰のせいでもない。地雷地帯へは行ってはいけないといつも言っているだろう。どうして約束を守れない？　何かあってからでは遅いんだぞ」

「分かってるよ」

ゲンキがボソと言った。

「分かってるならどうして行くんだ」

セイおじさんは優しく聞いた。

「分かってるけどさ、地雷を爆発させるとスカッとするんだ。嫌なこと全て忘れられるんだ」

セイおじさんはやれやれといったように息を吐いた。

「そんなことしなくても、スカッとする遊びは一杯あるだろう。この前あげたトランプだって、充分スカッとするだろう？」

「するけどさ」

ゲンキは不満そうだった。

「何だ？　もう飽きたのか？」

「別に飽きてはいないけどさ」

「じゃあ何だ？」

ゲンキは顔を上げ、目を輝かせて言った。

「ねえ、もっと気分が晴れるようなオモチャないの？　地雷よりもスカッとするやつさ！」

セイおじさんは腕を組んで考えた。

「そうだな。じゃあゲンキが算数のテストでいい点をとったら神様に頼んでやろう」

ゲンキは途端に力をなくした。

「算数のテストかよ……」

「勉強すればいいだろう？」

「俺が勉強嫌いだってこと知ってるだろう？」

ダイチがゲンキを勇気づけた。

「大丈夫だよ。俺が教えてやる。いい点とって新しいオモチャ貰《もら》おうよ」

アリサも励ました。

「そうだよ。頑張ろうよ」

ヒカルも声をかけた。

「頑張ろう」

シロも皆の会話が分かるのか、ワンと大きく吠《ほ》えた。四人の視線を浴びるゲンキは、

「分かった。やればいいんだろ、やれば」

と渋々了解した。

「よし、テストは三日後だ。それまでにいっぱい勉強しておけよ」

ゲンキは力無く返事した。

「分かったよ」

カレーを食べ終えた四人は食器を洗ったあと、ドラム缶に水を入れ風呂《ふろ》を焚《た》き、風呂から上がると自分たちの住居に戻り、布団を敷いた。パジャマに着替えた四人は輪になり、トランプを広げた。最近、寝る前にトランプゲームをするのが日課となっていた。

四人はセイおじさんから教えてもらった『ババ抜き』で盛り上がった。

「なあそれよりよ、さっきおじさんが言ってた新しいオモチャってどんなのだろうな？　楽しみだな」

ゲンキはワクワクしながら話した。算数のテストでいい点を取らなければならないことをすっかり忘れているようだった。

「その前にテストだろ」

とダイチが言うと、ゲンキはガクリと首を落とした。

「だよな。あまり自信ないよ」

ヒカルがゲンキの肩に手を置いた。

「そんな弱気じゃ困るよ。新しいオモチャが貰えるかどうか、ゲンキにかかってるんだから」

アリサも後に続いた。

「そうだよ。頑張ってよ」

三人の応援を受けて、ゲンキは少し自信が湧いたようだ。

「おう。分かったよ。頑張ってみるよ」

その後も四人はババ抜きに熱中していたが、一時間も経つと一日の疲れがきて、電気を消して眠りについた。時計の針は、十時前だった。

刑務所勤務初日、看守として働くはずが、モニタールームで『観察員』を任された正也は一日中豊田聖子のいる牢獄《ろうごく》と、ミン村で暮らす子供たちの生活をモニター越しに見ていた。モニターを見ている女をモニター越しに見る。何とも不思議な光景だった。

本当にこれだけの仕事でいいのか、と疑問を抱きつつモニターを見ていたが、秋本はこれでいいと言う。秋本がそう言うのだから、正也はそうするしかなかった。

夜の七時を過ぎると、秋本が食事を持ってモニタールームにやってきた。白米に焼き魚にみそ汁と貧相な食事だった。正也は、夕食まで出してくれるのかと思ったがそうではなかった。秋本は豊田の食事を持ってきたのだ。明日《あした》からは徳井くんがお願いしますよと言って、秋本は豊田のいる牢獄に食事を運びに行った。秋本は無言で食事を置き、豊田は秋本に一瞥《いちべつ》もくれることなく画面を見つめていた。秋本が去ると豊田は食事に手を伸ばした。彼女は画面をじっと見ながら食事した。モニタールームの一方の画面には、子供たちが美味《おい》しそうにカレーライスを食べている様子が映っている。正也は、画面を見つめながら食事を摂る豊田を見て、彼女は娘たちの輪の中に入って一緒にご飯を食べているのだと思った。

食事が終わると子供たちは順番に風呂に入り、布団を敷き始めた。

時計の針はまだ九時過ぎだったが、住居には時間を潰《つぶ》すような物が全くないといっていい。しかしそれは正也の感覚だった。子供たちはトランプに熱中し始めた。それを見て、正也は四人の子供が非常に哀れに思えた。きっと、これ以外他に楽しみを知らないのだ。普通の子供だったら、色々な遊びを知っているからトランプなんて古い遊びには手を出さない。しかしここにはテレビゲームやインターネット等はない。彼らは今時の遊びを教えられていないようなのだ。だからこうしてトランプに熱中できる。

正也は、悲しい目でモニターを見つめた。国は、なぜこんな残酷な刑罰を作ったのだと改めて思った。

彼らはトランプで少し遊んだ後、明かりを消して眠りについた。同時に豊田も牢獄の隅にある布団を敷いて就寝した。どうやら豊田は子供たちの生活に合わせているようだった。そうすることで、娘と一緒に生活しているという気になれるのだろう。もし正也が豊田の立場でもそうする。豊田の牢獄にある大型テレビは、常に『アリサ』を映し出している。四人の住居の明かりが消えれば、画面は真っ暗闇になるのだ。暗くなった途端一人になり、寂しさが襲ってくるだろう。豊田はきっと、眠れば寂しさを忘れられると思っているに違いなかった。

両方が就寝したことを秋本に告げに行くと、じゃあ帰っていいと適当な感じで言われた。本当にこれでいいのかと、正也は秋本にもう一度確かめた。秋本はやはり、いいんですと言うのだ。

正也は、一日中モニタールームで画面を見ていただけだが、初日とあって精神的に疲れていたのだろう。アパートに着き夕食を摂ると急に眠気が襲ってきて、多くの疑問や一日の出来事を振り返る間もなく深い眠りについた。

2

翌朝、正也は八時半に高尾刑務所に着いた。看守たちはとっくに出勤しており、受刑者を整列させ、作業場に連れていくところだった。ここにいる受刑者は、地下で行われている刑罰を知らないという。知る由もないだろう。この地下に牢獄があって、そこに白髪だらけの女がいると知ったら仰天するに違いない。

ロッカールームへ行く途中、何人かの看守と目があったが、秋本はまだ正也の存在を皆に知らせていないのか、こちらが挨拶《あいさつ》しても怪訝《けげん》そうな顔で会釈された。

ロッカールームにはもちろん誰一人いなかった。看守と同じ制服に着替えた正也は、このまま地下に行ってもいいものかと悩んだ。モニタールームの鍵《かぎ》を渡されているので、いちいち許可を取る必要はないだろうが、一応秋本に指示をあおぐことにした。

三階の看守長室の扉をノックすると、秋本の柔らかい声が返ってきた。

「どうぞ」

正也は扉を開けた。

「失礼します」

正也の顔を見た秋本は感動したように目を輝かせた。

「徳井くんですか。おはようございます」

「おはようございます」

挨拶して、秋本の傍に歩み寄った。

「昨日は眠れましたか？」

「ええ。眠れました」

「それは良かった。ところでどうしました？　何かありましたか？」

正也は遠慮がちに聞いた。

「あの、勝手にモニタールームに入ってもいいものかと思いまして」

秋本は、何だそんなことかというような顔になった。

「当たり前じゃないですか。徳井くんの仕事場なんだから」

「はあ……」

「その前に調理室に行って、豊田の朝食を受け取ってくださいね」

正也は、その仕事をすっかり忘れていた。

「そうでした。わかりました」

「では今日も一日、よろしくお願いしますよ」

「はい」

正也は秋本に背を向けたが、すぐに向き直って先程抱いた疑問を投げかけた。

「ところで看守長。看守長は他の職員に、僕の存在を知らせていないのですか？」

秋本はポカンとした顔で首を傾げた。

「挨拶しても、僕のことが分からないといった感じだったので」

そこまで言うと秋本は納得した。

「そういうことですか。ええ、他の職員には話していません」

「あの、場所が場所なので話していただかないと変な目で見られそうで……」

秋本はフフフと笑った。

「気にすることはありませんよ。言ったではありませんか。徳井くんはここへは長くいないと思います」

「ですが」

秋本は手を上げて正也を制した。

「まあまあ、いいじゃありませんか。私が気にすることはないと言っているんですから」

口調は穏やかだが、秋本は正也に有無を言わせなかった。

「わかりました。失礼します」

正也は頭を下げて秋本に背を向けた。

「そうだそうだ徳井くん」

すぐに呼び止められた。

「なんでしょう？」

「今日の夜は大丈夫ですね？　徳井くんの歓迎会をやりましょう」

正也は顔を顰《しか》めたい想いだった。それもすっかり忘れていた。秋本と二人で酒を飲むなんて、正也は朝から憂鬱《ゆううつ》だった。


正也は、豊田に食事を運ぶのも憂鬱だった。白髪だらけの窶《やつ》れきった女には妙な威圧感と不気味さが漂っている。できることなら近づきたくないが、仕事と言われると仕方がない。

調理室で朝食を受け取った正也は地下に向かった。アルミのお盆には、コッペパンとサラダとジャーマンポテト。そして牛乳が置かれている。まるで昔の学校の給食だった。

地下に、正也の靴音が響く。恐る恐る牢獄《ろうごく》の中を覗《のぞ》いた正也は息を呑《の》んだ。豊田はすでに起床しており、微動だにせずじっと画面を見つめている。正也は鍵を取りだし

牢獄の扉を開けて、

「朝食です」

と細々と言った。すると、いつもと違うことに気づいた豊田がソロリとこちらを振り向いた。その瞬間、正也は肩がビクリと跳ねた。

女は、正也を憎々しい目で見た。睨《にら》み付けられた正也は身が縮み上がるおもいだった。

豊田は、正也の目を見て言った。

「お前も人間の心を失った悪魔だな」

低いが、恨みに満ちていた。正也は突然そう言われたので言葉が出なかった。

「お前も、私が苦しんでいるのを見て楽しんでいるんだろう。この悪魔！」

豊田は一人で興奮し始めた。

「娘をこんな場所で生活させて何が楽しい。え？　この悪魔！」

正也はそう思われるのが納得いかず自分の気持ちを伝えた。

「僕は、こんな刑罰は反対です。即刻やめるべきだと思っていますよ」

女は画面に向き直った。

「知るもんか。出て行きな」

正也がその場に突っ立っていると女は枕を投げて叫んだ。

「出て行け！」

正也は牢獄から出てモニタールームに入り、イスに腰掛けぼんやりと豊田の映る画面を見た。豊田の、悪魔という声が耳に響く。心外だが、彼女にしてみれば正也も刑罰を作った人間たちと同じである。そう思われても仕方がないなと思った。

九時を過ぎると子供たちが集まってきた。外で顔を洗い歯を磨いた後、四人は朝ご飯を食べた。食パンにハムエッグだ。豊田はその時を待って一緒に朝食を摂った。

朝食が終わると四人は布団を畳んだ。布団が片付けられると、住居は余計殺風景だった。冷蔵庫や電子レンジ以外目立った電化製品はなく、ほとんど家具もない。ゲーム機やパソコンはおろか、漫画や雑誌や小説も見当たらない。あるといえば昨夜熱中していたトランプや、オセロや将棋といった今時の子供には到底流行《はや》らない物ばかりだ。

子供たちは自由を奪われた上、不憫《ふびん》な生活をさせられている。秋本の言うように食糧には困っていないようだが、正也にはとてもこんな暮らしはできない。よく彼らは十五年近く、こんな環境で暮らしてこられたと思う。

でも、何も知らない彼らにしてみたらこれが当たり前なのだ。何も知らないから苦ではない。その証拠に、彼らは屈託のない笑みを見せる。仲間と一緒に生活しているだけで幸せなのだ。正也はますます彼らが可哀想になった。豊田の刑期が終了するまであと二十九日。早く彼らを自由な世界に解放してやりたいと思った。

ミン村は二日目も、昨日とほぼ変わらない生活の流れだった。子供たちは十時になるとセイおじさんのいる住居で勉強を習い、授業が終わると外でボール遊びをし、四時を過ぎると夕食を作った。この日はシチューで、昨夜のカレーライスも見事だったが今晩のシチューも美味《おい》しそうだった。五人はオイルランプを囲んで夕飯を食べ、風《ふ》呂《ろ》に入った後、またトランプゲームをして就寝した。画面が暗くなると豊田も眠りについた。

正也は約十三時間、ほとんどモニタールームで彼らと豊田を観察していた。ずっと座っているだけだが、心身ともに疲れる仕事である。動かないから余計身体が疲れるのだ。

二日目が終了したが、正也は未《いま》だにこんな刑が現実に行われているのが信じられない。そしてなぜ自分が観察員に選ばれたのか、この仕事の裏にはどんな意味が隠されているのか、いくら思案しても想像すらつかなかった。

時計の針が午後十時ピッタリになった時、モニタールームの扉が開いた。秋本が顔を覗かせて、やあと軽く手を挙げた。

「お疲れさまです」

正也は挨拶《あいさつ》した。

「どうです？」

秋本は画面を見て聞いた。

「たった今、両方とも就寝しました」

「そうですか。なら今日の仕事はこれで終わりですね。徳井くん、着替えてきてください。飲みに行きましょう」

秋本は弾んだ調子で言った。正也はあまり乗り気ではなかったが、断ることもできなかった。

「分かりました」

正也は返事して、ロッカールームに向かった。


秋本の自宅は新宿方面らしいのだが、わざわざ正也の住む橋本《はしもと》まできてくれた。この時すでに十時半を回っており、これから飲みに行くと終電がなくなりそうだが、秋本はタクシーで帰ると言う。正也は終電で帰ってほしいのだが、秋本のこの様子を見るとなかなか帰ってくれそうになかった。

二人は適当な居酒屋に入った。若者が大勢居る大衆居酒屋だ。個室に通された後、秋本はメニューも見ずに一杯目を決めた。

「私はビールで」

穏やかな口調で店員に言った。正也も秋本につき合った。

「僕も、ビールで」

秋本は意外そうな顔をした。

「徳井くん、飲めるんですねえ」

「いえ、強くはないですよ」

秋本はうっとりした目で言った。

「徳井くんの酔ったとこ、見てみたいですね」

正也は寒気を感じたが笑顔を心がけた。

「いやいや、酔ったら寝ちゃいますから」

「そうなんですか？　つまらないですねえ」

正也は愛想笑いした。

「ところで徳井くんは、彼女はいないんですか？」

秋本にそう聞かれると、変に勘ぐってしまう。

「いませんよ」

「あら意外ですね。そんな男前なのに」

正也は笑顔で流した。そこで店員がビールを持ってきたので正也はホッとした。

「では徳井くん、これからよろしくお願いしますよ。乾杯」

「よろしくお願いします」

二人はジョッキを軽く合わせてビールを飲んだ。一気に半分飲んだ秋本は涙目で言った。

「仕事終わりの一杯は本当にたまらないですね」

「そうですね」

正也は一応同調した。

「どうですか徳井くん、仕事には慣れましたか？」

慣れるもなにも、モニタールームでただ観察しているだけではないかと思った。

「ええ、まあ。それより今日、初めて豊田聖子と話しました。話したと言っても、一方的に罵《ののし》られただけですが」

「罵られた？」

「ええ。娘をこんな場所で生活させるお前は悪魔だって言われましたよ」

「悪魔ねえ」

自分には関係ないというように秋本はビールを飲み干し、店員を呼んだ。

正也は苦笑して呟《つぶや》いた。

「そう思われても仕方ないですがね」

秋本は正也を励ました。

「あんな女の言うこと気にすることないですよ。徳井くんは別に何も悪くないんですから」

「そうですが、言われた時はさすがにショックでしたよ」

秋本は右手をヒラヒラとさせた。

「あんな女の言うことといちいち真に受けていたら、身がもちませんよ。無視してればいいんですよ」

「はあ……」

秋本の二杯目のビールが運ばれると、秋本は少し話を変えた。

「ところで徳井くんは、どういう経緯で看守になろうと思ったんですか？」

「インターネットの募集を見て、受けてみようと思ったんです。まさか本当に勤務することになるなんて思ってなかったです」

「徳井くんはまだ二十二でしたよね。いきなり看守とは、度胸があります」

「正直、お金がよかったんで」

秋本はうんうんと頷《うなず》いた。

「そうでしょう。給料が安かったらこんな仕事やろうとは思いませんよね」

しかし正也が与えられた仕事は看守ではなかった。

「看守長」

正也は改まった口調になった。

「何です？」

「僕はどうしても理解できないんです。彼らを観察することに、一体どんな意味があるのですか」

秋本はビールを一口飲んで、薄く笑った。

「昨日も言ったじゃありませんか。特別な意味はありませんよ」

正也は酒の勢いを借りた。

「それは嘘でしょう」

秋本は表情を崩さずに聞き返した。

「なぜ嘘だと思うんです」

「だって、本当にただ観察するだけなんて、意味ないじゃないですか。本当の理由があるはずです」

秋本は静かにジョッキを置いて言った。

「深く考えすぎですよ」

「そうでしょうか」

「そうです」

「ではもう一つ聞きます」

「どうぞどうぞ」

秋本は余裕の態度だ。

「看守長は、僕が高尾刑務所に長くいることはないと仰《おっしゃ》いました。ここは研修場所だと」

「ええ、言いました。それが何か？」

「研修期間が終わったら、僕はどこの刑務所に行くことになるのでしょうか」

正也は、地方の刑務所に行くことはできなかった。もしそうなれば辞めなければならない。

秋本の答えは、正也の不安を解消するものではなかった。

「それは分かりませんよ。上が決めることですからね」

「そうですか……」

「とにかく徳井くんは、任された仕事をしっかりこなしていればいい。だって君は……」

語尾の調子が急に変わり、正也は秋本を見た。

「お金が必要なんでしょう？」

秋本は口の端に笑みを浮かべ、目を光らせて言った。この時正也は、秋本は『観察』の真の意味や研修後の異動場所はもちろん、自分の身辺のことなど全てを分かっているのだと確信した。

翌朝、正也は出勤する前に八王子市にある多摩《たま》記念総合病院を訪れた。十年前に建てられたこの病院は各科設備が充実しており、著名人や難病を抱えた患者が各地から訪れる、全国的に有名な病院である。

まだ八時前なので患者や見舞客は少ないが、多くの医者と看護師が行き来している。

正也はエレベーターに乗り五階でおり、『徳井一美《かずみ》』と書かれた部屋の扉を開けた。殺風景な個室のベッドの上に、一美が仰向けで眠っている。腕には点滴の管が巻かれている。

正也は、静かに眠る一美に声をかけた。

「おはよう」

一美は反応を見せない。しかし正也はそういうつもりで声をかけたのではない。声が届いていればそれでよかった。

ベッドの横には心電図。心電図の波は穏やかで、寝息も落ち着いているが、一美はもう二度と目を覚ますことはないだろう。一年前、妹はバイク事故で植物状態となった。正也は、なぜ一美までこんな不幸な目に遭うんだと、ここへ来るたびに思う。

徳井家は四人家族だったが、正也は小学三年生の時、父を病気で亡くした。一美はまだ四歳だった。鉄工所に勤めていた父は仕事熱心な人で、毎日帰りは遅かったが休みの日は一日中遊んでくれる優しい父親だった。しかし突然脳卒中で倒れ、病院に着いた時には息を引き取っていた。医者は、働き過ぎが原因だと言った。正也は当時、死というものが何なのかあまり理解できず、顔に白い布を被《かぶ》せられている父をぼんやり見ていたのを今でも憶《おぼ》えている。

父を亡くし、家計は厳しかっただろうが、正也は貧しい思いをしたことはなかった。母が、子供たちに不憫《ふびん》な生活をさせぬよう、昼夜働いてくれたからだ。昼はスーパーでレジを打ち、夜はスナックで酔った客を相手にしていた。毎日働きっぱなしでクタクタのはずなのに、二人にはいつも笑顔を見せていた。仕事や家事で忙しいのに、学校の行事には必ず顔を出してくれる子供想いな母親だった。正也は、自分たちのためにいつも頑張ってくれている母を少しでも楽にさせてあげようと、高校を卒業したら就職することを決めていた。しかし、警備会社に就職が決まった一ヶ月後、母は仕事場で倒れた。ただの過労だろうと思っていたのだが、病名は膵臓《すいぞう》癌だった。医者が手の施しようがないというほど病気は進行しており、母は三ヶ月後この世を去った。正也の就職が決まって安心した途端、張っていた糸が切れてしまったのかもしれない。

時期が重なったことを皮肉に思った。

母を亡くし大黒柱となった正也は、一美を食わせていくために警備会社で懸命に仕事した。当時中学生だった一美も、兄に負担をかけぬよう家事を頑張ってくれた。両親のいない二人は、協力して生活していた。

しかし一美は高校に入ると悪い仲間とつるむようになり、非行に走るようになった。両親がいないので遊びよりも家のことを優先していた一美は、不良グループの遊びが新鮮で楽しかったのだろう。周りを真似て髪を金髪に染め、堂々とタバコを吸うようになった。それだけならまだよかった。喧嘩《けんか》、恐喝、万引が当たり前のようになり、正也が少しでも怒ると逆上して家を飛び出していく。一度家を飛び出すと、一美は一週間は帰ってこなかった。正也は、どうにか前の一美に戻ってほしかったが、その方法が分からなかった。しかし、一美が純粋で優しい子だということは正也が一番よく知っている。非行に走っているのは今だけで、すぐに前の一美に戻ってくれると信じていた。

だが、一美があの頃のような笑顔を見せてくれることはなかった……。

一年前、一美は窃盗した原動機付きバイクで事故を起こした。警察の話によると、猛スピードで電柱に激突したとのことだった。ブレーキ痕《こん》がどこにもなかったらしいのだ。後に分かったことだが、一美は薬にも手を出していたようだ。

一美はヘルメットを被っていなかったにもかかわらず命は助かった。しかし頭を強打しており、植物状態となってしまった。

最初、病院の先生に植物状態と言われた時、正也はどうにか助けてやってくださいと泣きながら頼んだが、医者はどうすることもできないと残念そうに言った。正也は頭が真っ白になり病室で取り乱し、取り押さえられ鎮静剤を打たれた。

目が覚めた正也は、一美の眠る病室で一日中泣いた。一美を更生させればこんなことにはならなかったのだと自分を責め、そして一美を変えてしまった不良グループを恨んだ。殺してやろうかと思ったくらいだ。

しかしいくら後悔しても遅い。一美は、息はしているが一生目を覚ますことはないだろう。死んだも同然だった。これからまだまだやりたいことがあったろうに、自分が一美の将来を奪ったのだ。

正也はせめて、綺麗《きれい》な病院の個室で一美を眠らせてやりたいと思い、全国でも有名なこの病院に移した。毎月多額の入院費がかかるが、正也には責任がある。一美の入院費のため、警備会社で働き続けた。しかし、自分の生活費を合わせると警備会社の給料だけではやっていけず、夜のバイトを始めた。一美のためを思えばと、最初はどうってことなかったが、毎日睡眠三時間という過酷な状況に身体がついていかなかった。だからといって、一瞬たりとも一美が邪魔に思ったことはない。

正也は、もっと高収入の仕事はないかと探し始めた。そんな時に、インターネット
で看守の募集を見つけたのだ。合格通知が来た時、正也は心底ホッとした。
一美は喋《しゃべ》ることはもちろん、意思を伝えることもない。生きてはいるが、生きてい
ないようなものである。一美自身、生き続けたいのか、それとも楽になりたいのか、
彼女の気持ちは分からないが、正也は妹がこんな状態でも生き続けてほしいと思う。
正也は一瞬、一美と四人の子供たちが重なった。自由を奪われたという意味では同
じだが、一美の方が不幸な人生だと思った。今は不憫な生活をさせられているが、子
供たちには将来がある。あと二十八日で自由の世界に解放される。しかし一美は生き
てはいるが希望の光がない。永遠に暗闇に閉ざされたままだろう。これが一番残酷だ
った。
少し前に、医者から尊厳死の提案がされた。一美ちゃんは、もう楽になりたいと思
っているのではないかと言うのだ。正也は、確かにそうかもしれないと思った。病室
に閉じこめられているより、天国に行くことを望んでいるかもしれない。しかし正也
はそれを断った。妹の気持ちがどうあれ、兄として死なせるわけにはいかなかった。
生き続けさせることが、正也にとって一美への償いでもあるのだ。
自分勝手かもしれないが、一美には生き続けてほしい。そのためには、多額のお金
がいるのである。

3

モニターで豊田や子供たちを観察する仕事を任されてから二週間が経った。気づけば明日《あした》はもう四月一日である。高尾刑務所のグラウンドは綺麗な桜色に染まっていた。

ミン村は変わらず平穏な日々で、豊田は十六日後に迫った出所の時をじっと待っている。彼女は十五年もの間、画面に映る子供に会うために狭い牢獄《ろうごく》の中で孤独や苦しみと闘ってきた。たった二週間程度モニタールームで観察していただけの正也には、彼女の苦しさは計り知れない。だがもうすぐ地獄のような日々から解放される。長い間描いた夢が現実のものになろうとしているのだ。表情や態度には出さないが、内心落ち着かないはずだ。

そんな豊田とは対照的に、正也はモニターを見続けるだけという楽な日々を送っていた。これで本当に給料を貰《もら》っていいのかと疑問に思ってしまうくらいだ。簡単すぎて逆に不気味だが、秋本は特別な意味はないと言うし、落とし穴はなさそうだ。

二週間もモニターを観察していると、自然と彼らの名前や性格が分かってきた。

豊田の娘アリサは、料理が得意で気遣いができて、思いやりのある女の子だ。環境が環境だけに、今時の女の子と比べると遥《はる》かに大人で落ち着いている。彼女を見ていると中学生の頃の一美を見ているようだった。特に料理をしている姿はそっくりで、一美と重ねるたびに正也は胸が苦しくなるのだった。

常に冷静な判断で仲間をうまくまとめられるのがダイチだ。彼は四人の中で一番勉強ができて、特に計算の時は能力を発揮する。二十二の正也よりも答えを出すのが速いくらいだった。

彼は誰よりも正義感が強く、色々な面で皆に頼られている。セイおじさんも何かあればまず初めにダイチに指示して皆を行動させる。いわば学級委員的な存在だった。

そのダイチと好対照の性格なのがゲンキだ。小学生みたいにやんちゃな彼は、いつも授業中、ふざけて皆を楽しませている。時折調子に乗りすぎてセイおじさんに叱られる時もあるが、正也の気分まで明るくさせてしまうほどのムードメーカーである。

彼は勉強は苦手だが、誰よりも運動神経が抜群で体力には自信があるらしく、よく力仕事を任されている。気性が荒いので機嫌が悪くなるとすぐに仲間にあたりちらしているが、本当は心の優しい男の子だ。かけっこをしていてアリサが転んだ時に、誰よりも早く駆けつけたのがゲンキだった。基本的に仲間想いな彼だが、アリサには特に気遣っている。もしかしたら彼女に想いを抱いているのかもしれなかった。

四人の中で最もシロを可愛がっているのがヒカルだ。どんな時もシロを抱いて離さない。シロもヒカルに一番懐いている。『二人』は常に一緒だった。

ヒカルはシロと会話ができるらしく、ヒカルが指示するとシロはその通りに行動する。例えば、トランプを持ってこいと言うと本当に持ってきたり、三度吠《ほ》えろというと三度吠えたり、正也はそんな場面を何度も見ている。

逆にシロが何かを訴えると、ヒカルはそれが分かるらしく要求に応《こた》える。二人は絶大な信頼関係で結ばれているようだった。

ヒカルは四人の中で一番背が小さく気弱な性格だが、シロのことになると急に顔つきが変わる。授業が終わり四人でボール遊びをした時にゲンキが、シロは住居で留番させておけと言った。その途端ヒカルは人が変わったように怒った。仲間はずれにしたらシロが可哀想だと叫んだ。ヒカルは、自分よりもシロのことを大切に想っている。それをみんな知っているから、ゲンキも素直にヒカルに謝った。二人はすぐに仲直りして、シロを交えてボール遊びを始めた。それを見て正也は安心したのだった。

その彼らが今夢中になっているのが『エアガン』だった。十日ほど前の算数のテストでゲンキがいい点を取ったので、セイおじさんが約束通り四人にプレゼントしたのだ。いや、正確には国が与えたものである。しかしセイおじさんは神様が与えてくれたものだと子供たちに言った。四人はもちろんおじさんの言うことを信じて疑わない。

それ以来四人は、時間さえあればエアガンを撃っている。最初のおじさんの教えを守り、決して仲間に向けて撃つことはない。彼らは十メートルほど先に空き缶を何個も置き、誰が多く倒せるか競い合う。それを一週間以上飽きもせずに繰り返しているのだ。BB弾が空き缶に当たると異常なほどの盛り上がりを見せる。四人からすれば、よほどエアガンは新鮮で楽しいオモチャなのだろう。今時の子供がこの映像を見たら、笑って馬鹿にするに違いない。

三月三十一日、この日は特に四人のテンションが高かった。正也は、よほどいいことがあったか、それともエアガンを使った新しい遊び方でも思いついたのかなと思ったのだが、どうもそうではないらしい。

ではなぜ彼らがそんなにもウキウキしているのか、それは授業中の会話で分かった。明日四月一日は、『四人』の誕生日らしいのだ。だからみんな朝から異様に気分が高まっていた。普段、しっかり授業に取り組むダイチやアリサも勉強どころではなく、誕生日の話題で持ちきりだった。特にゲンキは浮かれっぱなしで、セイおじさんにうるさいと注意されるほどだった。いつもは大人しいヒカルも、この日は口数が多く、皆、よほど誕生日が嬉《うれ》しいようだった。

彼らは、四人とも四月一日に生まれたことに何ら違和感を抱いていないが、無論、彼らは四月一日に生まれたのではない。生まれた月日は知らないが、四人が同じ日に生まれるなんてそんな偶然は有り得ない。どういう理由かは分からないが、国が四月一日に設定しているのだ。

彼らは明日、四人同時に十五歳になる。

この日の夜、アリサたちはロールキャベツを作り、いつものように五人輪になって夕食を食べた。アリサは明日の誕生日のことを考えるとまた気分が高まって、無意識のうちに笑みがこぼれる。ダイチたちもそうだった。誕生日のことで頭が一杯らしく、さっきからずっとニヤニヤしている。気分がいいと、夕飯も美味《おい》しかった。

四人は明日、十五歳になる。また一つ歳が増えることも嬉しいが、アリサたちが何より楽しみなのがセイおじさんのプレゼントだった。セイおじさんは毎年、大きなケーキと盛大な料理とプレゼントを用意してくれる。ケーキや料理も楽しみだが、今年のプレゼントが何なのか、想像するだけで胸がドキドキ、ワクワクする。

去年の誕生日はシロをプレゼントしてくれた。一昨年《おととし》の誕生日は一人ひとりにデジタル腕時計をくれた。皆、今も大事に腕に巻いている。

毎年セイおじさんは、自分たちが驚くプレゼントをくれる。今年はどんな物をくれるのか。誕生日会は明日の夜だが、アリサはもう待ちきれなかった。

セイおじさんは、ニヤニヤしながら夕飯を食べる四人を見て、

「どうしたお前たち嬉しそうな顔して。そんなに今日の夕飯が美味しいか？」

と白々しい口調で言った。

「何言ってるんですか。明日が誕生日だからに決まってるじゃないですか」

ダイチに言われると、セイおじさんは高らかに笑った。

「そうかそうか」

「またとぼけちゃってるよ」

とゲンキが呟《つぶや》くと、おじさんは首を傾げた。

「はて、おじさんがいつとぼけたかな？」

「さっきからずっとだよ！」

「そうかな？」

「そうだよ！」

四人の声が重なると、アリサたちはおかしくなって笑った。

セイおじさんは毎年、四人の誕生日が近づいてくるとこうして知らないフリをする。

当日四人をビックリさせたいらしく、誕生日やプレゼントの話はしようとしない。プレゼントが何なのか、いくら聞いても教えてくれない。おじさんは、そんな物はない

と意地悪を言うが、アリサたちはおじさんの住居にプレゼントが隠されていることを知っている。だから自分たちも聞くのはよそうと決めているのだが、どうしても気になって聞いてしまうのだった。

「ねえねえおじさん、いい加減教えてよ。明日《あした》のプレゼント、何なの？」

ヒカルが我慢できずにまたプレゼントの話題に触れた。おじさんはフフと笑って、ロールキャベツを食べながら言った。

「さあな」

「そうもったいぶらずに教えてくださいよ」

ダイチが両手を合わせてお願いしてもおじさんは首を振る。

「おじさん、ダメ？」

アリサが可愛らしく言っても教えてくれなかった。

四人は諦《あきら》めて、黙々と夕食を食べた。するとおじさんが突然、

「もう十五年か」

と呟いた。アリサたちは手を止めて顔を上げた。

「早いものだな。おしめを換えていたのが、ついこの間のような気がするよ」

ゲンキが怪訝《けげん》そうな顔で聞いた。

「どうしたの突然？」

　おじさんは答えず、一人想い出を語る。

「ヒカルはなかなか泣きやまなくてな、大変だったんだ」

　ヒカルはニコニコしながら言った。

「今はもう泣かないよ」

「ゲンキは小さい頃からやんちゃでな、みんなのオモチャを奪っては壊して、手を焼いたものだ」

　ゲンキはフンとそっぽを向いて言った。

「おぼえてねえや。そんな昔のこと」

「ダイチはなかなかおねしょが治らなくてな。おじさんは毎日悩んだよ」

「そ、そうなんですか」

　ダイチは顔を赤らめた。

「アリサは小さい頃はみんなのご飯まで食べてしまうくらい食いしん坊で、困った奴だった」

「そうだったんだ」

　アリサも皆と同様、そんな小さい頃のことなど憶《おぼ》えてはいなかった。

「でもみんな、おじさんのいうことを守るいい子に育ってくれた。病気や大きな怪我をすることなく、よくぞここまで大きくなってくれたな」

おじさんが想い出を語るのは珍しかった。明日が誕生日ということもあって、急に昔が懐かしくなったのだろう。

「おじさんのおかげだよ」

アリサが言うと、なぜかおじさんは首を振った。

「それは違うな」

「違う？」

ゲンキが聞き返しても、おじさんはそれには答えなかった。おじさんは神妙な顔つきで言った。

「明日、お前たちに驚くものを見せてやろう。そこで、おじさんはお前たちに大事なことを教えなきゃいけない」

「大事なこと？」

アリサが聞くと、おじさんは深く頷《うなず》いた。

「そう、大事な話だ」

おじさんは立ち上がって四人に礼を言った。

「ごちそうさま。今日のロールキャベツ、特別に美味しかったよ」

おじさんはそう言って住居に戻っていった。

アリサは、おじさんの言う『大事なこと』と、特別に美味しかったという言葉が妙に心の中に残っていた。ダイチたちはあまり深く考えていないようだが、いつもと少し様子が違うセイおじさんが、何となく心配だった。

夜十時を過ぎると子供たちは眠りに就いたが、豊田聖子は、床に横になってはいるが様々な想いが交錯して眠れそうになかった。

ここ最近眠れぬ夜が続いている。寝てもすぐに目覚める日々だった。出所の時が間近に迫っているのだ。高ぶるのも無理はない。

特に今夜は朝まで眠れそうになかった。明日が娘の誕生日だからではない。もっとも、聖の本当の誕生日は二月二日だ。四月一日というのは国が勝手に決めたことだ。全員同じ月日にすることで分かりやすくしたのかもしれない。

娘はまだ十四歳のつもりだが、二ヶ月前に十五歳になっている。豊田は今年も一人で娘の誕生日を祝った。

彼女が落ち着かないのは、セイが四人に言った『大事な話』である。彼は明日それを話すようだが、豊田にはその内容に想像がつく。自分の出所が約二週間後に迫っているのだ。セイは彼らの誕生日をきっかけに、真実を語ろうとしているのだろう。もちろん、自分の存在もだ。

豊田は出所を待ちわびているが、微《かす》かな不安があるのも事実だった。何も知らない娘に突然会いに行っても、娘は見知らぬ女に混乱するだろう。ましてや自分はこんな醜い容姿だ。娘の反応が怖かった。しかし事前に真実を知れば、会った時に混乱はないだろうし、ショックも少ないだろう。

真実を知った瞬間娘はすぐに理解できないだろうが、セイのことだ、分かりやすく説明してくれるに違いない。豊田は、セイの配慮に感謝した。セイは最後の最後まで子供たちのことを考えてくれていた。彼もまた、子供たちと別れるのが辛《つら》いに違いない。血の繋《つな》がった親ではないとはいえ、赤ん坊の頃から育ててきたのだ。実の親同然である。寂しくないはずがない。事実、夕ご飯を食べ終わり、住居に帰っていくセイの背中は悲しそうだった。

豊田は、実際に彼に会ってお礼を言いたい想いだった。娘をここまで育ててくれただけでなく、地雷地帯から命を守ってくれたのだ。彼は命の恩人とも言ってよかった。

床に横になっていた豊田は起きあがり、この十五年間をまた振り返った。夜が明ければあと十五日。刑が執行されてから出所まで約五千四百八十日あったのが、もう両手で数えられるところまで来た。

豊田は、夢が現実になろうとしているのを改めて実感し、身体が震えた。

一方、高尾刑務所を出た正也も、セイが言った『大事な話』について考えていた。ミン村の子供たちは、自分たちが刑の犠牲になっていることを知らされずに育ってきた。十五年前に執行された刑の第一号である豊田の出所が迫っていることを考えると、セイは明日、子供たちに隠された事実を語るのだろう。それ以外考えられなかった。セイがどのタイミングで切り出すかにもよるが、明日は誕生日どころではなくなるだろう。

正也は、セイが子供たちに何をプレゼントするのかにも興味があった。しかしこちらは全く想像がつかなかった。恐らくまた、正也たちにとっては何てことのない物だろう。日常で使っている当たり前の物などたくさんある。腐るほどありすぎて、その中から予測するのは難しい。

あれこれ思案していると、後ろから突然声をかけられた。

「ちょっといいかい？」

振り返ると、そこには三十歳くらいの色黒の大きな男が立っていた。図体の割には人なつっこそうな顔をしている。縮れ毛天然パーマが特徴だった。

人通りの少ない道なので正也は警戒した。

「なんでしょう」

男は刑務所を顎《あご》でしゃくった。

「俺もあそこに勤めている」

男が看守だと知り正也はホッとした。正也は彼らと接する機会がないので、同じ刑務所で働いていてもほとんどの顔を知らなかった。

「驚かせてごめん。俺は久本《ひさもと》。よろしく」

久本ははきはきとした声で言った。

「ど、どうも」

「君の名前は？」

久本は馴《な》れ馴れしい口調で聞いた。

「徳井です」

正也は、看守が何の用だろうと考えたが見当がつかない。

「あの、何か？」

尋ねると、久本は周りを気にして声をひそめた。

「徳井くんは、地下担当なんだろう？」

久本がそれを知っていたので意外だった。

「ええ、そうです」

「やっぱり地下で、モニターを見せられてる？」

久本はそのことも知っていた。

「よくご存じですね」

「やっぱりそうか。地下担当は、みんなそう言うのさ」

正也はすかさず止めた。

「みんな？　僕の他にも、地下で働いていた人たちがいたんですか」

「ああ、二年くらい前からかな。多くの人間が入れ替わってる。俺は個人的な興味で新しい担当が入るたびに聞いてるんだけど、みんなただモニターを見せられているだけだって言うんだ」

正也は真っ先に秋本の顔が浮かんだ。秋本は自分の他にも多くの人間にモニターを観察させていた。

「最初は驚いたよ。俺たちは地下の存在を知らされていないからね。知っている看守は俺ただ一人だけさ」

久本は自慢げに言った。

「謎なのはさ」

正也は久本に視線を戻した。

「みんな、一ヶ月か二ヶ月くらいでいなくなっちゃうんだよね」

「一ヶ月から、二ヶ月……」

「そう。徳井くんはその辺のところ聞いてないの？」

「僕は看守長に、高尾刑務所は研修場所だと言われました。期間は三十日。受刑者の刑期が終了するまでです」

「そうか。じゃあみんな辞めてるわけじゃないんだねえ。それより、もう出所なんだね」

「あと十六日です」

「そのあとのことは？」

「高尾には長くいないというだけで、具体的には教えてくれません」

久本は、喉《のど》をうならせ考えている。

「久本さん、なぜ僕が観察の仕事をやらされることになったんでしょう」

久本は薄く笑った。

「俺に聞かれてもわからんさ」

「募集は、看守としてだったんですが」

久本は意外そうな顔をした。

「え？　そうなの？　最初から決まっていたことじゃないの？」

「違いますよ。最初は看守としてだったんです。でも地下のモニター観察を任されることになって。でも楽だし、給料が高額だから指示には従ってますけどね」

久本は手を挙げて、

「ちょっと待った」

と止めた。

「給料が高額って、一体いくら貰《もら》ってるわけ？」

久本は興味津々といった様子だ。正也は、彼の反応に違和感を抱いた。彼らも同じように高い給料を貰っているのではないのか？　正也は反応を見るために隠さずに言ってみることにした。

「百万です」

額を知った久本は目を剝《む》いた。

「百万！　それ本当かよ？」

正也はこの時、ある確信を得た。

「ええ、本当です。普通はそんなに貰えないんですか？」

「当たり前だろう。普通はその半分以下だよ。今時、いきなりそんな給料を貰えるなんておかしいよ」

「半分、以下……」

言われてみればそうだった。看守という未知の世界だったから、それくらい高額な給料を貰えるのだと思い込んでいたが、いくら看守だからといって百万は高すぎる。正也は段々不安になってきた。

久本は腕を組んで考えている。

「徳井くんは秋本さんに指示されて、地下の仕事をやらされているんだよね？」

「ええ、そうです」

久本はまた喉を鳴らした。

「よくわからんが、秋本さんは何となく謎の人だからね、警戒した方がいいよ」

「謎、ですか。他に何かあったんですか？」

「いや別にこれといった話はないけどさ、雰囲気が謎じゃないか」

「確かに、そうですね」

久本は正也の肩に手を置いて言った。

「まあ、心配するほどじゃないと思うけどな」

久本は他人事《ひとごと》である。彼は腕時計を確認すると、急に慌てた。

「時間をとらせて悪かったね。これから他に面白いことがあったら教えてくれよ」

「はあ……」

「じゃあ、今日はこれで。お疲れさん」

正也は後味が悪かったが、久本は一方的に会話を終わらせ去っていった。

「お疲れ様でした」

正也は、久本の背中をしばらく見つめていた。彼との偶然の出会いで色々なことがわかったが、一番の収穫は、自分は看守として雇われたのではなく、最初から地下担当の観察員として採用されたという事実だった。

秋本はやはり、自分にいくつも嘘をついている。


誕生日当日の朝、アリサたちはヘリコプターの音で目を覚ました。アリサたちはセイおじさんに、ヘリコプターには決して近づかないようにと言われている。住居から顔を覗《のぞ》かせると、セイおじさんが大きな段ボールを、両手に抱えて戻ってくるところだった。あれが今年のプレゼントのようだ。おじさんは息を切らしてそれを運ぶ。相当重い物のようだが、アリサたちは見当もつかない。あんな大きなプレゼントは初めてなので期待に胸が躍る。住居に帰ってくるおじさんに気づかれた瞬間、四人は顔を引っ込めて布団に戻った。

「あれ、何かな」

ゲンキが胸をときめかせて言った。アリサは慌てて人差し指を立てた。

「寝てないとおじさんに叱られるよ」

四人は目を閉じて寝たフリをした。空にはまだ、黒いヘリコプターのプロペラ音が響いていた。

授業までまだ二時間近くもあったが、気持ちが高ぶって眠るどころではなかった。少し早めに朝食を摂り、授業の時を待つ。

誕生日でも授業はいつも通り行われた。四人は始終ソワソワしていたが、あえて誕生日の話題は出さなかった。夜に楽しみをとっておこうと四人で決めたのだ。

この日の授業は異様に長く感じられた。みんな妙に緊張していたため、余計な会話が一切なく授業が進められたからだ。しかし内容は全く頭に入っていなかった。

授業が終わると、いよいよ待ちに待った誕生日会、という気持ちが胸に迫ってきた。普段はこのあと自由時間となり、大体四時から夕飯の準備にとりかかるのだが、今日はセイおじさんが料理を作ってくれることになっている。四人は大好きなエアガンを我慢して、住居で誕生日会の時を待った。

そしていよいよその時がきた。六時になるとセイおじさんが、いいぞ、と声をかけた。外に出た四人は目を輝かせ、感動の声を上げた。木のテーブルの上に、豪華な料理がズラリと並べられていたのだ。

海鮮パエリアにトマトのスパゲティーにチキンの丸焼き。魚の唐揚げやジャガイモのバター焼きやサラダといった一品料理も豊富だ。ケーキはもちろん、フルーツポンチまである。

「どうだ、美味《おい》しそうだろう？」

料理に目を奪われていたゲンキは、生唾《なまつば》をゴクリと呑《の》んで頷《うなず》いた。

ダイチはセイおじさんを尊敬の眼差《まなざ》しで見た。

「おじさんは本当にすごいですね。これを一人で作っちゃうんだから」

セイおじさんは勝ち誇った顔になった。

「へへへ。そうだろう？」

アリサは待ちきれずセイおじさんの袖《そで》を引っぱった。

「ねえねえ、早く食べようよ」

シロもお腹が空いているらしく、ヒカルの腕の中で足をばたつかせている。さすがにシロもこの時だけはヒカルの声が耳に届いていないようだった。

セイおじさんは両手をパンと叩《たた》いて言った。

「よし、じゃあ早速誕生日会を始めよう」

四人は歓声を上げて、セイおじさんが用意してくれた木のイスに腰掛けた。おじさんはケーキにロウソクを立てていく。ロウソクが十五本立つと火をつけて、テーブルの中央に置いた。

おじさんは毎年恒例のバースデイソングを歌ってくれた。歌が終わるとおじさんは一人ひとりを見ながら、感慨深そうに言った。

「お誕生日おめでとう。今日でお前たちも十五歳になったんだな。あと五年もしたら、大人になるんだ」

「それくらい知ってますよ」

ダイチが茶々を入れるとおじさんはフフと笑った。

「早いものだな。もう十五年か。今まで色々なことがあったよな。お前たちが子供の頃はな……」

また想い出話が始まりそうだったので、ゲンキが急《せ》かした。

「おじさん、そんなことよりロウソク溶けてきちゃってるよ。早く消さないと」

おじさんはハッとなって頭を掻《か》いた。

「ああ、ああそうだな。すまんすまん。よしお前たち、ロウソクの火消してくれ」

四人は顔を見合わせて、せーのとロウソクを吹き消した。おじさんは拍手して、

「誕生日おめでとう」

と改めて四人を祝った。

「ねえねえおじさん、料理食べていい？」

ゲンキが聞くと、おじさんは笑顔で頷いた。

「ああ、いいぞ」

四人は一斉に料理にがっついた。セイおじさんはその様子を見て、優しく微笑んだ。

「おじさん食べないの？」

ずっと四人を見ているだけのおじさんに、ヒカルが聞いた。

「おじさんのことは気にせずに食べなさい。美味しいか？」

四人は口を揃えて美味しいと言った。

「そうかそうか」

おじさんは心底嬉《うれ》しそうな笑みを浮かべた。

四人は夢中になって料理を食べた。頬張りすぎたゲンキが喉《のど》をつまらせ、おじさんは慌てて水を飲ませてやった。やっと落ち着いたと思ったら、またゲンキは料理にがっつく。セイおじさんは、やれやれと苦笑を浮かべた。

おじさんの作った料理は三十分足らずでなくなってしまい、四人は今、フルーツポンチを食べている。あっという間にデザートも平らげたアリサは、お腹を叩いて苦しそうな声を洩《も》らした。どれも最高に美味しくて、満腹なのも忘れて食べてしまった。

だがまだメインのケーキが残っている。

これだけ食べたのにまだケーキがある。アリサは、こんな幸せな夜はないと思った。

ケーキを食べる前に、ゲンキが待ちきれないといった様子で聞いた。

「ねえねえおじさん、そろそろプレゼントが何なのか、教えてよ」

アリサたちも期待の眼差しをおじさんに向けた。おじさんが何をくれるのか、アリサは胸がドキドキした。

しかしプレゼントの話になった途端、おじさんは急に神妙な顔つきになった。いつもは嬉しそうに住居に戻ってプレゼントを持ってきてくれるのに、今日は様子がおかしい。いや、考えてみればおじさんは昨日からどこか変だった。

「どうしたの？」

アリサが尋ねるとおじさんはうんと頷くだけだった。

「何かあったんですか？」

ダイチが聞いてもおじさんは答えない。

「今朝ヘリコプターから住居に何か運んでたけど、あれがプレゼントなんだろ？　早く見せてよ」

ゲンキが我慢できずに今朝のことを言った。するとおじさんは決心した顔つきになり、四人に話し始めた。

「プレゼントを見せる前に、今日はお前たちに大事な話があるんだ」

そうだ、おじさんは昨日大事な話があると言っていたんだ。おじさんがこんな真剣になるのは、地雷の恐ろしさを教えてくれた時くらいだった。

「大事な話って、何?」

アリサが聞くと、おじさんは無表情で言った。

「おじさんは今まで、お前たちにずっと嘘をついていたんだ」

「嘘?」

ダイチが聞き返した。

「そう、この十五年間。たくさんの嘘をな」

おじさんはいつも、嘘をついた時は素直に謝りなさいと自分たちに教えている。なのにおじさんは平然とした態度だった。

「嘘って、何だよ」

ゲンキの喉が唾で鳴った。おじさんは遠くの方を見つめ、ゆっくりとした口調で言った。

「まずこの世に神様なんていない。お前たちは神様から産まれてきたんじゃない。お前たちは、父親母親から産まれてきたんだよ」

アリサたちは静寂に包まれた。四人は、突然何を言い出すんだろうと顔を見合わせ首を傾げた。

「神様がいないってどういうこと？　父親、母親って何？」

「そうだよ。意味分からないよ。ちゃんと教えてくれよ」

　ゲンキがアリサに続いた。

「そうだな。いきなりそんなことを言っても分からんよな」

　おじさんは突然立ち上がった。

「お前たち、おじさんの住居にきなさい」

　四人は言われた通りおじさんの住居に向かった。部屋に入った四人の目に、見たこともない物が飛び込んできた。部屋のど真ん中に置かれているそれは、縦は約五十センチ、横は約百センチの長方形で、幅は五センチほどと薄く、大きな土台で支えられている。全体にガラスのような物がはめ込まれており、その向こうは暗い。アリサたちの顔を反射している。

「おじさん、これは？」

　代表してゲンキが尋ねた。

「これはテレビというものだ」

「テレビ？」

　四人の声が揃った。

「そうだ。今年のプレゼントは、このテレビだ」

これが一体どういう機能をもっているのか、四人は興味津々に見つめた。

「よく見ているんだ」

おじさんはポケットからカードのような物をとりだし、それをテレビに向けた。すると真っ暗だったガラスから突然光が放たれ、自分たちと同じ人間が現れた。

これまで、人間はおじさんとお前たちだけだと教えられてきた四人は、いきなり違う人間が出てきたので混乱した。

「な、なんだこれ。俺たちと同じ人間がいる。中で人間が動いてるよ」

少し慣れたゲンキが住居に上がり、恐る恐る近づく。三人は怖くて近寄れなかった。その三人を見ておじさんが手招きした。

「大丈夫だ。怖がることはない。近くにきなさい」

おじさんに言われ、三人も住居に上がりテレビの前に立った。

画面には、出産シーンが映し出されている。

しかしアリサたちは、これが何なのか理解できるわけがなかった。なぜ自分たちの他に人間がいるのだろう。この女の人は何をそんなにも苦しんでいるのだろう。その二つの疑問しか浮かばなかった。

「いいかよく見なさい。今、この女性は赤ん坊を産もうとしている」

おじさんは淡々とした口調だった。

「赤ん坊を？」

アリサは驚き繰り返した。

「そう。さっきも言ったように神様が赤ん坊を産むんじゃない。産むのは人間だ」

四人はじっと画面を見つめる。

診察台に乗る妊婦は力み苦しむ。その傍で声をかける医者と看護師。妊婦の手を取り勇気づける夫。画面の中では感動の出産シーンが流れているが、四人はおじさんから説明を受けてもピンとくるものがなく、ただ平然と画面を見ていた。

同じく画面を見るセイおじさんが、

「産まれるぞ。よく見てろ」

と強く言った。四人は顔を近づけ、注目する。すると女性の股《また》からゆっくりと小さな赤ん坊が出てきたのだ。今まで子供を産むのは神様だと教えられてきた四人は、強い衝撃を受けた。

四人はしばらく声を失っていた。何が何だか分からずパニックになっていた。

「どうだ、分かったか？　こうやって人間は産まれてくるんだよ」

映像を見れば分かることだが、十五年間セイおじさんに教えられてきた知識とは全く違う。四人はそう簡単に受け入れられるわけがなかった。

ダイチが、生命誕生以前の疑問をぶつけた。

「それより、どうしてこの中には僕たちと同じ人間がいるんですか。人間は、僕たちだけではないんですか？」

おじさんは首を横に振った。

「お前たちに言ってきたことは、嘘だ。人間は私やお前たちだけではない。お前たちは今、地球という場所に住んでおり、その地球には七十億以上もの人間が生きているんだよ」

「七十億……？」

とヒカルが呟《つぶや》いた。億という単位は教えられているが、四人とも実感が湧かなかった。

「そもそも、地球とは何ですか」

ダイチが質問した。

「地球とは人類、つまり人間の住む天体だ。

お前たちが今いるこの土地も地球。太陽系に属する惑星の一つで、一個の月を持つ。地球は常に回っているんだ。そう、今もな。自転周期は約二十四時間、公転周期は約三百六十五日。だから一日二十四時間、一年は三百六十五日なんだ。

大きさは極半径が約六三五七キロ、赤道半径が約六三七八キロ。言葉だけでは想像もつかないだろうが、七十億以上もの人間が住んでいるんだ。限りなく広いということが分かるだろう。

地球には人類だけではないぞ。様々な動物が生存する。ヒカルが抱いている『犬』だけじゃない。お前たちの見たこともない動物が数え切れないほど存在するんだ」

四人は、口をポカンと開けたまま聞いていた。とにかく自分たちは今地球という場所に住んでいて、地球には七十億もの人間が生きているということは分かったが、自分たちの暮らすミン村には他に人間はいない。やはり実感が湧かなかった。

「今見た通り、七十億の人間を産んだのは神様ではなく、人間。母親なんだ」

ダイチが授業の時のように軽く手を挙げた。

「子供を産むのが母親というのは分かりました。では、セイおじさんが言った父親とは何ですか」

「いい質問だダイチ。父親は、子供を作るための種を持っているんだ」

「種？」

「そう。赤ん坊は母親だけでは産まれてこない。父親の種が必要なんだ。種は、ダイチ、ゲンキ、ヒカルが持っている」

「どこにあるんだよ」

ゲンキが聞いた。

「お前たちにはペニスがある。おしっこをする所だよ。そこから種が出てくるんだ。

そして、種を受け取る卵を持っているのがアリサ、お前だ」

アリサは自分を指差した。

「私？」

「そう。お前にはペニスがない。代わりにヴァギナがある。ヴァギナで種を受け取り、卵と交わると新しい命が作られ、十ヶ月後に赤ん坊が産まれてくる。実はお前はもう、子供を産める身体なんだぞ。一年前くらいから月に一度、陰部から血が出てきてるだろう。お前はパニックになって、おじさんは女の子の特徴だから気にするなと教えたが、本当はそれは、子供を産めるサインだ。種を受け取れば、お前にも子供が産めるんだ」

テレビの中の女の人が子供を産んだだけでも衝撃的だったのに、自分も同じように子供を産める身体と知ったアリサは、自分自身が怖くなった。おじさんは、怯《おび》えるアリサに言った。

「怖がることはない。女の人はみんなそうできているんだよ」

セイおじさんにそう言われ、アリサは少しホッとした。

「おじさん、ということは僕たちも母親から産まれてきたということですか？」

セイおじさんは、ダイチを見て満足そうに頷《うなず》いた。

「そういうことだ」

「じゃあセイおじさんが僕たちの父親なの？」

ヒカルが嬉《うれ》しそうに聞いた。おじさんは残念そうに首を振った。

「違うよ。おじさんは父親じゃない」

「じゃあ、俺たちを産んだ父親と母親はどこにいるんだよ。どこにもいないじゃないか」

ゲンキが興奮交じりに尋ねた。

「お前たちの父親と母親は、日本という所にいる」

「日本？」

四人の声が重なった。

「そう、日本」

「日本って、何？」

セイおじさんはアリサの質問には答えず、またカードのようなものをテレビに向けた。

「お前たちには、まだまだ教えなければいけないことがあるんだ」

テレビの画《え》が切り替わると、今度は自分たちと同い年くらいの子供たちが出てきた。

画面には、昼の渋谷《しぶや》が映し出されている。

ゲームセンターで遊ぶ小学生。ＵＦＯキャッチャーやテレビゲームでワイワイ楽しんでいる。プリクラを交換する女の子もいる。

カラオケボックスで大いにはしゃぐ中学生。マイクを片手に、大声を上げて盛り上がっている。

クレープを食べながらデートをする高校生。身体を寄せ合い、幸せそうな笑みを浮かべている。渋谷の映像は、ドキュメント番組のように次々と切り替わる。パチンコをする若者。友達と路上に座り会話を楽しむギャル。ティッシュ配りをする女の子。タバコを吸いながら歩くOL。ナンパをする男の子。ハンバーガーを食べながら歩く学生たち。

コンビニ。携帯ショップ。本屋。デパート。映画館。喫茶店。CDショップ。美容院。洋服店。ファミレス。ファストフード店。インターネットカフェ。ディスカウントショップ。道路に溢《あふ》れる車、バイク。線路の上を走る電車。若者だけではなく、渋谷の風景がぐるりと映し出された。

四人は、これは一体何なんだと硬直した。言葉を発するのも忘れていた。

渋谷の映像が終わると、今度は一転、中学校の風景が映し出された。

三十人が一緒になって授業を受けている。人数が違うだけで、授業の風景はアリサたちと似ているが、使っている物が全く違う。電子教科書に電子ノート。机も一つひとつに画面がついていて、アリサたちが使っている木の物とは全然違った。

給食を食べ終わり休み時間になると、ほとんどの子供たちがポータブルゲームを取りだし、通信対戦を始めた。携帯電話で話している子もいる。外で遊ぶ子はあまりおらず、アリサたちが今まで夢中になって遊んでいたオモチャなど一つも出てこなかった……。

アリサたちはたっぷり一時間半、日本の風景と、『今の子供たち』を次々と見せられた。セイおじさんは横で一つひとつ丁寧に説明していった。アリサたちは初めて見る物が多すぎて、ショックを受けるよりも先に混乱してしまった。

四人が自分たちの暮らしと映像の中を比べてしまうのは自然であり当然のことだった。日本とミン村の環境は天と地ほどの差があり、画面に映る子供たちは自分たちよりも自由で、楽しそうで、瞳《ひとみ》に映る一つひとつが新鮮だった。夢にも出てこなかった風景だった。

「これが、日本ですか？」

ダイチはやっと言葉が出た。セイおじさんは深く頷いた。

「そうだ。これが日本だ。日本には地雷など埋められていない。見て分かる通り、みんな自由な生活を送っている。お前たちの知らない物で溢れている。どうだ、楽しそうだろう？」

四人は言葉が返せなかった。段々、自分たちの暮らしが惨めに思えてきたからだ。

おじさんは重ねて言った。

「本当だったらお前たちも、この日本で生活するはずだったんだ」

「どういうこと？」

アリサは大きな声になった。しかしおじさんはまた答えず、これで三度カードのような物をテレビに向けた。

今度は、ある家庭の一場面が映し出された。両親と一緒に夕ご飯を食べる男の子。テレビにはアニメが流れている。お碗《わん》の中のご飯がなくなると、母親がおかわりをよそって子供に手渡した。父親は一日の出来事を子供に聞く。子供は学校の話を楽しそうに語る。温かい家族風景だ。

四人は、この子供が父親と母親の三人で食事しているのだと理解できるようになっていた。それ故、暗い気持ちになっていった。自分たちは、父親母親とこうしてご飯を食べたことが一度もない……。

画面は切り替わり、違う家族を映し出した。

幼い女の子が両親と追いかけっこをしている場面だ。鬼役の父親が、ゆっくりと娘を追いかけている。娘は奇声を上げながらスタスタと走る。

テレビの映像はしつこいくらいに切り替わり、家族風景を映し出す。

ピクニックを楽しむ親子。ドライブをする父と息子。一緒に買い物をする母と娘。

四人は、羨《うらや》ましそうな目で画面を見るようになっていた。

セイおじさんが、追い打ちをかけるように言った。

「本当ならお前たちもこの子たちのように、親と一緒に日本で生活するはずだったんだ」


ダイチが訴えるように言った。

「じゃあなぜ僕たちはミン村で暮らしているのですか」

おじさんは一拍置いて答えた。

「日本の人たちが私たちをこのミン村に連れてきたんだ。お前たちは産まれたばかりだった。だから記憶がないだけで、本当は日本で産まれたんだよ。それぞれの父親母親から」

「どうして俺たちはここに連れてこられたんだよ」

ゲンキがセイおじさんに怒りをぶつけた。セイおじさんは残念そうに首を振った。

「深い事情はおじさんにも分からない。おじさんは日本の人たちに、お前たちを育てる仕事を任されたんだ。お前たちがよく目にするヘリコプター。実はあれは、日本の人たちが動かしているものでな、神様が食糧やオモチャを届けてくれているっていうのも嘘なんだよ」

「何もかも、嘘なんだね」

ヒカルが悲しそうに呟《つぶや》いた。

「ゴメンなみんな。でもおじさんも嘘をつくしかなかったんだ。日本の人に命令されたんだよ」

おじさんは申し訳なさそうに言った後、真剣な目つきに変わった。

「でも、これ以上お前たちに嘘をつき続けるのは辛《つら》くて、十五歳の誕生日に本当のことを打ち明けたんだ」

おじさんは言葉を続けた。

「お前たちにはもう、不憫《ふびん》な生活はさせたくない。テレビに映る子供のように、お前たちにも自由を与えてやりたい。お前たちは、日本のような自由の世界に羽ばたかなければいけないんだ！」

四人はただ黙って俯《うつむ》いているだけだった。おじさんがいくら夢を語ったところで、一生ミン村で暮らすしかないと思い込んでいるからだ。

「なあお前たち、お前たちを産んだ父親と母親に会いたくはないか？　会って一緒に暮らしたくはないか？　テレビに映っていた子供のように甘えてみたいだろう。日本の子供のように、ゲームセンターやカラオケやファストフード店といった色々な所に行ってみたくないか？　テレビゲームをしたり、音楽を聴いたり、踊ったり、たくさんの友達と遊びたくはないか？　日本という国はパラダイスだぞ」

セイおじさんは、興奮交じりに訴えた。

「でもどうやって日本に行くんだよ。ミン村は地雷に囲まれているじゃないか」

ゲンキが期待を込めずに聞いた。セイおじさんは自信に満ちた表情で言った。

「行ける。おじさんが日本に行かせてやる」

その言葉を聞き、四人の顔つきが変わった。

「本当ですか？　でもどうやって？」

ダイチが尋ねた。おじさんは長い間を置き、静かに言った。

「地雷地帯を抜ければ、日本へ行ける」

四人は一気にどん底に落とされた気分だった。

「やっぱり無理じゃないか。地雷地帯に入っちゃだめだっていつもおじさん言っているじゃないか」

ゲンキが声を荒らげた。しかしおじさんは冷静だった。

「地雷を除去していけば、先に進める」

「除去、つまり取り除いていくということですか？」

ダイチが確認した。

「そうだ。埋まっている地雷を掘っていけばいい」

「そんなこと、できるの？」

アリサが聞くと、おじさんは住居の奥からある道具を持ってきた。一つは三十センチくらいの金属の棒で先端が尖《とが》っている。もう一つはセイおじさんの腕と同じくらいの長さをした鉄のかたまりで、先端に円盤がくっついている。こちらはかなり重そうだった。

おじさんはまず重い方から説明した。

「これは地雷探知機といって、地雷が埋まっている場所を音で知らせてくれる」

おじさんは次に金属の棒を四人に見せた。

「地雷を見つけたら、これで掘って除去する。危険な作業だが、慎重にやれば大丈夫だ。地雷が爆発することはない」

おじさんはそう言うが、四人は地雷が爆発する瞬間を何度も目の当たりにしている。すぐに決心がつくはずがなかった。

「これを使って地雷地帯を抜ければ街に出る」

「街?」

アリサは街の意味が分からなかった。

「さっきテレビの中の子供たちが歩いていただろう。あれが街だ。街に出たら空港を探して飛行機に乗る。そしたら日本へ行ける」

「飛行機って……」

今度はゲンキが聞いた。

「さっきテレビで観ただろう？　空を飛んでいたあの大きなやつだよ」

「あれか」

とダイチは納得した。

「いいかお前たち、ここで動かなければ一生この村で生活することになるんだぞ」

そう言われても四人は勇気が出ず、返事ができなかった。

「それでもいいのか？　自由の世界へ行きたくないのか？」

おじさんの声は段々と生き生きしたものに変わっていった。


セイが住居の奥から持ってきた物が地雷を掘り出す道具だと分かった瞬間、モニタールームに映る豊田聖子が暴れ出した。鉄柵《てっさく》を激しく揺らし叫んでいる。正也は急いで音声を切り替えた。

「止めろ！　誰かこの男を止めろ！　こいつは娘を殺すつもりなんだ！」

豊田は牢獄《ろうごく》に設置されているカメラをキッと睨《にら》んだ。

「お前らは悪魔だ！　こんなことして何が楽しい！　娘に真実を伝えろ！　何がこの

刑には反対だ！　だったらこの男を止めろ！」

最後は正也にあてた言葉だった。狼狽《うろた》える正也は、未《いま》だ子供たちを説得しているセイに視線を向けた。

彼の『大事な話』はとんでもないものだった。生命がどう誕生するのか。そこまではよかったが、そこから妙な方向に話は進んでいった。真実には一切触れず、子供たちを徒《いたずら》に煽《あお》りだした。あの子供想いだったセイが、急に人が変わってしまったようだった。

正也はこれまで、子供たちは一体どこまで情報が与えられているのだろうと疑問だったが、まさかここまで何も知らないとは驚きだった。自分たち以外人間がいることも知らず、父親母親という存在はおろか、その言葉すら教えられていなかったのだ。

そして何より残酷なのは、両親の存在や外の世界を知ってしまったことだ。今まで自分たちの生活が当たり前だと思っていた彼らは、外の世界を知って相当ショックだったに違いない。急にミン村がちっぽけなものに感じたはずだ。あんな映像を見せられたら、親に会ってみたいという想いが膨らむに決まっている。外の世界に羽ばたきたいと思うのは当たり前だろう。十五年間、見えない塀の中に閉じこめられ、何も知らなかった彼らが自由の世界を知ったら夢を抱くのは当然のことだった。実際、セイの説得に決断の意思を示してはいないものの、彼らの心は確実に揺れ動いている。地雷を除去できると教えられたら尚更《なおさら》だ。このままでは、四人は地雷地帯に足を踏み入れる！

しかし止める人間が誰もいないのだ。肝心のセイが子供たちを誘惑している。恐ろしいのは、子供たちがセイの言うことは全て正しいと信じ切っていることだ。悪く言えば洗脳されている状態に近い。悪魔のささやきが、彼らの耳には神様のお告げのように聞こえている。今にも彼らは返事をしそうである。セイはあと一押しというように必死に説得を続けているのだ。裏で操られているのは確実だった。

豊田の刑期は残り十五日で終了する。豊田が出所すれば、子供たちは無事に解放される。だから地雷地帯へ行くことは、全くの無意味なのだ。セイは豊田の出所日がいつか教えられているはずだ。なのに子供たちを地雷地帯へ向かわせようとしている。

正也は、これがこの刑の真の目的なのではないかと疑った。初めから子供たちを地雷地帯に向かわせるつもりだったのではないか。その映像を豊田に見せ、更に苦しめようとしているのではないか。

テレビを運び、子供たちに外の世界を見せたのはセイの一存ではない。国の命令だ。無論、地雷を除去する道具を用意したのもだ。四人はなぜ自分たちがミン村に連れてこられたのか知らない。セイが重要な部分を教えないからだ。当然、罪を犯した親の刑期がもうすぐ終わることなど知る由もない。彼らはあと十五日で日本へ戻れる。そして出所した親と一緒に暮らせるのだ。それを知っていれば地雷地帯へ行くかどうか迷うはずがない。

セイは真実を語らず、子供たちを地雷地帯へ向かわせようとしている。これは明らかに計画的である。子供たちはその罠《わな》に気づかない。気づくはずがない！

正也は、子供たちにこれは罠なのだと叫んで教えてやりたい。しかし声が届かないのは知っている。ただモニターを見ていることしかできなかった。

豊田聖子は鉄柵をこじ開けようと暴れている。ヘッドホンから彼女の悲鳴にも似た叫びが響いてくる。正也は、拳《こぶし》を握りきつく目を閉じた。

モニタールームの扉が開き、正也は目を開いた。やってきたのは秋本だった。秋本は迷惑そうな顔で正也に言った。

「豊田がやかましいですねえ。何があったんです」

正也には白々しく聞こえた。この男も村が今どういう状況なのか知っているのではないのか。

正也は四人に視線を向けながら言った。

「子供たちが、決死の旅に出るかもしれないんです」

「決死の旅？」

「ええ。ここ日本を目指して」

秋本は驚いた反応を見せたが正也にはわざとらしく見えた。正也はこれまでの経緯を秋本に話した。

「どういうつもりですか。子供たちは日本へ帰ってこられるんでしょう？　豊田の出所が迫っている時にあえてこんなこと……。

子供たちは親がもうじき出所することを知りません。今動き出さなければ一生村で生活することになると思い込んでいます。このままでは本当に彼らは地雷地帯へ向かってしまいますよ」

危機感を抱く正也とは対照的に、秋本は平然としていた。

「私に言われても困りますよ。この男が勝手にやっていることでしょう？」

「それは嘘です」

秋本の眉《まゆ》がピクリと上がった。

「嘘？」

「テレビや地雷を除去する道具を送ったのは国でしょう。彼が要求したんじゃない。彼は国の命令で動いているんです」

秋本はフフと薄く笑った。

「なぜそんなことが言い切れるんですか」

「そうとしか考えられないからです。そうでなければ彼はこんな行動には出ないでしょう。だって十五年間も一緒に暮らしてきた子供たちですよ。彼は育ての親です。親が自ら子供たちを危険な目に遭わせるなんて考えられませんよ」

「確かにそうですねえ」

秋本は関心なさそうな声で言った。

「しかし国の命令とはいえ狂ってる。彼には人間の心がないんですか」

「そんなこと私に言われてもわかりませんよ」

秋本はあくまで自分とは関係ないといった態度だった。

「看守長、これは初めから計画されていたことではないですか？　国は豊田をどこまで苦しめれば気が済むのです」

秋本は困った顔を見せた。

「だから言ってるでしょう。私は知らないって」

秋本は知らないの一点張りで話にならなかった。正也は怒るよりも呆《あき》れてきた。

「一刻も早く止めるべきです。地雷地帯に放り込むなんて危険すぎます。人間のやることじゃない。これ以上彼らを苦しめるのは」

「徳井くん」

秋本は途中で止めて、宥《なだ》めるような声で言った。

「君がムキになることないじゃないですか」

「何も感じない方がおかしいです」

「とにかく落ち着きましょう。まだ子供たちが地雷地帯に向かうとは決まってないでしょう?」

「そうですが、この様子だと時間の問題ですよ」

「仮に子供たちが行くことを決意しても君のせいじゃない。君はただモニターを見ていればいいんですよ」

秋本は穏やかな口調でそう言ってモニタールームから出ていった。正也は我慢できずヘッドホンを床に叩《たた》きつけた。

4

誕生日から六日が経ったが、ミン村の子供たちはあの出来事以来一切笑わなくなった。それどころかアリサたちは会話すらしなくなり、食事も摂ろうとはせず、たった六日で随分と体重が落ちた。特にヒカルは顔色が酷《ひど》く、頬がげっそりそげ落ちた。親の存在や外の世界を知った四人の衝撃は大きく、今まで楽しかった暮らしがストレスに変わったのだ。授業は受けるが誰も発言せず、ノートにも何も書き写さない。自由時間も住居に閉じこもり溜息《ためいき》ばかりだった。あんな映像を見せられたら今まで遊んでいたオモチャがゴミに見えるのは当たり前だった。本当はもっと楽しい遊びがあったのに、こんなもので満足していた自分たちが馬鹿馬鹿しく思えた。十五年間充実した生活だったのに、急に世界が真っ暗に変わった。村の生活が苦痛にしか思えなくなった。

アリサは、こんな村に連れてきた日本の人間を恨んだ。日本の人間が私たちをここに連れてこなければ、自分たちもテレビに映っていた子たちのように親と一緒に幸せな生活が送れていた。トランプやエアガンなんてちっぽけな遊びじゃなく、もっと多くの仲間とテレビゲームをしたりカラオケに行ったりすることができたのだ。こんな苦しい思いをするのなら、何も知らない方がよかった……。

何より悲しいのは、自分たちが育った村をこんな村と思うようになってしまったことだ。頭の中は、もう日本の風景ばかり描いている。

アリサはこの六日間ずっと夢を膨らませている。

私の父親母親はどんな人だろう？　顔は？　性格は？　会ってみたい。一緒に暮らしたい。三人でご飯を食べたい。

ダイチたちと学校に行ってみたい。先生に色々な勉強を教えてもらいたい。友達をいっぱい作ってキラキラした街で遊んでみたい……。

　他にもまだまだある。三人も同じ事を考えているに違いない。でも日本へ行くためには地雷地帯を通らなければならない。地雷を除去できる方法があるとはいえ、なかなか決心がつかなかった。地雷の恐ろしさは自分たちが一番よく知っている。でも地雷地帯を越えなければ一生この村で暮らすことになる。それだけは嫌だった。

　この日も授業はいつも通り行われた。今日は算数から始まったのだが、細かい計算式がアリサたちを苛立《いらだ》たせる。セイおじさんは相変わらず四人に明るく振る舞うが、住居内には殺気に似た空気が流れていた。

　ゲンキはイライラで身体の震えが止まらない。ダイチとヒカルも葛藤《かっとう》に苦しんでいる。あれからまだ六日しか経っていないが、皆我慢の限界で精神状態はピークに達している。狂乱寸前まできていた。

　口火を切ったのはゲンキだった。

　突然セイおじさんの授業を止めると、立ち上がって鋭い眼差《まなざ》しで言った。

「俺、日本へ行く。こんな暮らしもうごめんだ。俺も日本で暮らしてぇ」

　アリサは驚きはしなかった。いつか誰かがそう言うと分かっていた。こうなるのは時間の問題だった。

「おじさん、地雷を掘るやり方教えてくれよ」

セイおじさんは真剣な顔つきになり、

「わかった」

と頷《うなず》いた。

「お前たちはどうする。行かないって言っても俺一人で行くぜ」

ゲンキは三人に判断を迫った。ダイチもヒカルも迷わなかった。今まで勇気がなくて言葉に出さなかっただけで、とっくに決意は固まっていたようだった。

「行くよ」

「僕も行く」

ゲンキはアリサに視線を向けた。

「お前はどうする」

アリサも誰かが先頭をきって言ってくれるのを待っていた。実際それが言葉になった瞬間、アリサの胸の内の想いが爆発した。

「私もみんなと一緒に日本へ行く。私を産んだ父親と母親に会いたいもん」

ゲンキはアリサに優しく微笑んだ。四人が日本へ行く決断をすると、セイおじさんは早速その準備にとりかかった。

これから地雷地帯に向かうことになるが、四人は生き生きとした表情をしていた。

聖が旅立つ決意を皆に告げた瞬間、画面の前で祈っていた豊田は血の気が引き、次いで眩暈《めまい》が起こり、上半身がダラリと崩れ落ちた。放心状態となった豊田は口をあわあわとさせた。声は出るが言葉にならなかった。

娘が、地雷地帯へ行ってしまう。あの危険な場所に足を踏み入れようとしている……。

脳裏に地雷が爆発する瞬間が過《よぎ》った。悲鳴を上げた豊田は動悸《どうき》がして呼吸困難となった。

彼女は、娘を行かせてはならないと這《は》うようにして立ち上がり、テレビ画面を掴《つか》んで叫んだ。

行っちゃ駄目! お願いだからもう少し辛抱して!

しかし豊田の声が届くはずもなく、聖はミン村を出る準備を進める。セイは皆の荷物を作っている。地雷探知機や食糧や水を詰め込んでいる。その動作はやけに忙《せわ》しかった。子供たちの気が変わらないうちに、という焦りが伝わってくる。

豊田はセイを憎々しい目で睨《にら》んだ。この男が余計なことをしなければ娘たちは今まで通り平和に暮らしていたのだ。刑の事実を話していれば娘たちは出所日まで辛抱しただろう。しかし娘たちはそのことを教えられていない。あんな映像を見せられ、信頼しているセイに説得されたら心が揺れ動くのは当然である。それでも娘たちが残り十日間辛抱してくれるのを祈り続けたが、とうとう四人は村を出る決心をしてしまった。

恐らく刑が執行された時からこれは計画されていたことなのだ。残り十日間、国は平和なまま終わらせるつもりはなかったのだ。最後の最後に子供たちを地雷地帯に放り込み、受刑者に地獄のような苦しみを与えるのが真の目的だったのだ。

セイという男には罪悪感のかけらもない。

この男は十五年間その気配を少しも見せなかった。子供たちの尊敬できるおじさんを演じ続けた。だから豊田も騙《だま》された。この男は味方なのだと信じていた。しかしこの男は簡単に国の命令に従った。計画されていたとはいえ、十五年間も一緒に暮らしてきたのだ。情がうつって躊躇《ためら》いが出るだろう。いや私だったら実行には移せない。だがこの男に躊躇《ちゅうちょ》などなかった。こいつは人間の心を失った悪魔だ！

もっと許せないのは罪のない娘たちを平気で地雷地帯に放り込もうとしている国の奴らだ。豊田は見えない敵を恨んだ。奴らはどこまで私たちを苦しめれば気が済むのか。出所十日前にあえてこんなことをするなんて酷すぎる。私は充分罪を償ったではないか。

豊田は、舌を噛《か》みきって死のうかと考えた。死ねば娘が助かるのではないかと思ったのだ。しかしそんな保証はない。いや、国は娘を助けないだろう。自分が死んでも平気な顔をして娘を地雷地帯に行かせる国の奴らの顔が浮かぶ。

第一死ぬのは無責任だ。聖には父親がいない。私が死んだら、娘は日本でも寂しい思いをすることになる。

豊田は、涙で娘の顔が歪《ゆが》んだ。

ごめんね聖。こんなお母さんを許して……。

娘が、やはり村で暮らしていくと心変わりするのは望めそうにない。しかしどうすることもできない豊田はただひたすら無事を祈るしかなかった。

どうか、どうかお願いだから十日間無事でいて。ここを出たらすぐにお母さんが助けに行くから！

セイおじさんは、過去の授業で使った地雷の模型を用いて、アリサたちに地雷を除去する方法を指導した。地雷探知機が反応したら鉄の棒を三十度の角度で差していき、地雷を探り当てたら手で掘るやり方だ。模型とはいえ最初アリサたちは緊張してなかなか思うように指先が動かなかったが、訓練を進めるうちに次第に慣れてきてようやくおじさんに合格を貰《もら》えるようになった。技術が身に付けば、地雷の恐ろしさも半減した。セイおじさんの言うように慎重にやれば必ず地雷地帯を抜け街に出られる。大事なのは自分たちを信じることだった。

全ての準備が整い、いよいよ出発の時がきた。セイおじさんは食糧等が入ったリュックと、四枚の紙を一人ひとりに手渡した。

「飛行機のチケットだ。それがないと飛行機に乗れないから絶対になくすなよ。空港についたら日本国の案内人がお前たちをまっている。お前たちはその人と一緒に日本へ行くんだ。その人が親にも会わせてくれる」

四人はチケットを大事にしまった。

「ここから北に五日間歩けば街に出られる」

「五日……」

アリサは溜息《ためいき》交じりの声が出た。長い道のりだが、街に出るためにはひたすら歩くしかない。

「お前たち、くれぐれも気をつけるんだぞ。大丈夫、必ず街に辿《たど》り着けるから。地雷なんか怖くないぞ!」

「分かりました」

とダイチが返事した。ヒカルが不思議そうに聞いた。

「おじさんは一緒に行かないの？」

おじさんは今の今まで言わなかったが、アリサ、ダイチ、ゲンキの三人はおじさんの言動から村に残るつもりなんだと分かっていた。

おじさんはヒカルに言った。

「おじさんは行かないよ」

ヒカルは悲しい表情を浮かべおじさんの袖《そで》を引っぱった。

「どうして？　おじさんも一緒に行こうよ。おじさんがいなきゃやだよ」

おじさんは首を横に振った。

「おじさんはここに残る。おじさんはお前たちとの想い出がたくさんつまったこの村が大好きなんだ。だから残るって決めたんだ」

いくら言ってもおじさんの決意は揺るぎそうになかった。おじさんは笑顔だが、本当は辛《つら》いに決まっている。でも大好きな村に残ると決めたのだ。アリサはおじさんの気持ちを察して無理に誘うことはしなかった。ダイチとゲンキも同じ考えのようだ。

ヒカルは急に泣き出した。

「おじさんがいなきゃ寂しいよ。おじさんだって一人じゃ寂しいよ？」

おじさんはヒカルの頭を撫《な》でた。

「おじさんは寂しくないよ。だって一生お前たちと会えないわけじゃない。いつかまた会える日がくる」

ヒカルはまだ納得がいかず俯《うつむ》いたまま顔を上げない。

「いいかお前たち。人生には出会いと別れがつきものなんだ。いちいちくよくよしていたら先へは進めないぞ」

アリサだって大好きなおじさんと別れるのは辛い。しかし彼女も決意が鈍ることはなかった。アリサはおじさんを『育ての親』と認識している。だが今は産みの親に会いたい、日本へ行きたいという気持ちの方が強かった。

「さあみんな、明るくお別れしようじゃないか」

アリサは顔を上げ、おじさんに十五年間の感謝を伝えた。

「おじさん、今まで私たちを育ててくれてありがとう。色々なことを教えてくれてありがとう」

アリサの脳裏におじさんとの想い出が走馬燈《そうまとう》のように蘇《よみがえ》った。

物心ついた時から傍にいて、一人で私たちを育ててくれた。困った時、悩んだ時は必ず助けてくれた。おじさんは私たちの知らないことを何でも知っていて、どんな時も優しくて、毎日ニコニコしていた。皺《しわ》の寄った笑顔を見るたび幸せな気分になった。

いつも一緒にいたおじさんと別れるのは辛いけど、私はもう決意したんだ……。

ゲンキが晴れ晴れしい顔で言った。

「おじさん、俺たちに本当のことを教えてくれてありがとな。俺、絶対おじさんのこと忘れないから」

ダイチも明るくお礼を言った。

「僕も忘れません。今までありがとうございました」

アリサは、未《ま》だ涙を流しているヒカルの背中を軽く押した。

「ヒカルもほら」

ヒカルはやっと泣きやんで、

「ありがとう」

と一言言った。おじさんは嬉《うれ》しそうに何度も頷《うなず》いた。

「おじさんも絶対にお前たちのことは忘れないからな」

最初にリュックを背負ったのはダイチだった。

「みんな行こうか」

ダイチは緊張交じりの声で皆に言った。アリサは途端に鼓動が速くなった。北の方角を見据え、リュックを背負った。残りの二人もリュックを手に取った。

「おい待てヒカル」

ゲンキがヒカルを止めた。

「まさかシロも連れて行く気じゃないだろうな？」

ヒカルはシロをセイおじさんに渡そうとせず抱っこしたままだった。シロはつぶらな瞳《ひとみ》で首を傾げた。

ヒカルはシロを強く抱きしめて言った。

「連れて行くよ。当たり前じゃないか」

ゲンキは厳しい顔つきになり首を振った。

「だめだ。シロは置いていく。連れていくなんて危険すぎるだろ。もしシロが地雷を踏んだらどうする。俺たち全員死ぬんだぞ」

それでもヒカルはシロを離さなかった。

「シロだけ置いていくなんて可哀想じゃないか。絶対に連れて行くよ」

アリサもシロを連れていくのは賛成できなかった。しかしヒカルの気持ちも痛いほど分かる。ダイチも判断に迷っているようだった。

「もしシロに何かあったらどうするつもりだ。それこそ可哀想だろう」

ヒカルは頑《かたく》なに拒否した。

「それでも連れていく。一人になりたくないってシロ言ってるもん」

「だめだ！　お前だって地雷の恐ろしさくらい知ってるだろう」

ゲンキは力ずくでシロを奪おうとした。しかしヒカルはゲンキに背中を向けて叫んだ。

「だったら僕とシロは別行動でいいよ！」

ヒカルは本気で言っている。ヒカルとシロは一心同体なのだ。離ればなれになることは何よりも辛いことだと、アリサたちも知っている。

もちろんヒカルだけ別行動させるわけにはいかなかった。それこそ危険だし、今までずっと四人でやってきたのだ。四人で日本へ行きたい。

ヒカルは何を言ってもシロを置いていきそうになかった。

アリサは仕方なくゲンキを説得した。

「大丈夫よゲンキ。シロはいつも大人しいし、ずっと抱っこしていれば」

「でもよ」

ダイチがアリサに続いた。

「そうだよ。ヒカルとシロだけ別に行かせるわけにはいかないよ。みんなで日本に行くって決めただろ？」

ゲンキは訴えるようなシロの目を見て、仕方ないというように太い息を吐いた。

「分かったよ。そのかわり絶対シロを離すなよ」

ヒカルは嬉しそうに返事した。

「うん、大丈夫だよ」

シロも元気良く吠《ほ》えた。

「全く手の焼ける奴らだぜ」

ゲンキは言って苦笑した。

アリサとダイチは横目で見合って、安心した笑みを浮かべた。

四人の気持ちが揃うと、ダイチはセイおじさんに別れを告げた。

「おじさん、行ってきます」

「おじさん元気でね」

アリサは笑顔で言った。明るく別れようと思ったからだ。

おじさんは一人ひとりを抱きしめた。この時アリサは泣くのを我慢していたが、一滴の涙がこぼれた。

四人はおじさんに手を振り歩き出した。十五年間暮らした村が少しずつ遠くなっていく。色々な想い出が詰まった住居だが、もう過去は振り返らない。振り返っている余裕はない。この先、地雷地帯が待ちかまえているのだ。

アリサは、これが最後だと自分に言って村を振り返った。セイおじさんは四人が見えなくなるまで手を振り続けていた。

セイおじさんと別れた四人はダイチを先頭に、方位磁石を頼りにして北に一直線に歩いた。風景はずっと同じだが、確実に地雷地帯に近づいている。四人の顔つきが段々と険しくなっていく。

前方にデンジャーと書かれた赤い看板が見えてくると四人は足が止まった。あの看板は幾度も見てきたが、今のアリサの瞳には今まで以上に、大きく立ちはだかっているように見えた。これまでは、地雷地帯に近づくことはあっても、絶対中には足を踏み入れなかった。遠くから爆発させたりと悪戯《いたずら》はしていたが、入ってはいけないという教えは守ってきた。幼い頃から境界線を越えてはならないと教育されてきたアリサたちは地雷の恐ろしさが脳に染み付いている。近づくだけとは訳が違う。これから自分たちは中に入ろうとしているのだ。地雷を除去する道具を持っているとはいえ、いざ目の前にすると足が竦《すく》むのも無理はなかった。

アリサは嫌でも爆発する瞬間を思い出してしまう。風の音が、死に神の笑い声に聞こえた。

アリサは悪い映像を打ち消し、しっかり前を見据えた。

暴れる心臓に手を当てる。恐れるな。自分たちを信じろ。教えられた通り慎重に地雷を掘って進めば必ず地雷地帯を抜けられる。

アリサは、その先にある街を思い浮かべた。街に出て飛行機に乗ったら日本だ。

アリサは、日本での暮らしを想像したら勇気が湧いた。初めて自分から一歩前に出た。

「みんな、行こう」

ダイチたちは頷き歩き出す。四人は看板の前で足を止めた。

ここから先は無数の地雷が埋まっている。風景は変わらないが、この先は世界が変わる。

四人はリュックの中から地雷探知機を出した。腕にズシリとくる重さだ。

「みんな準備はいいか？」

ゲンキが声をかけた。四人は目で合図した。

「一列に並んで歩こう。その方が安全だ」

ダイチが提案すると真っ先にゲンキが先頭に立った。

「先頭は俺に任せろ」

こういう時、ゲンキはいつも頼りになる。安心して任せられた。

その後ろにダイチがつき、三番目にヒカル、最後尾がアリサという列に決まった。

ゲンキは三人を振り返り、

「準備はいいか？」

ともう一度確かめた。アリサたちは強く頷いた。

「行くぞ」

とうとうゲンキが地雷地帯に足を踏み入れた。アリサたちは、ゆっくり摺《す》り足で前を進んでいく。今は地雷探知機が反応しない位置にいるだけであって、左右には多くの地雷が埋まっていることを想像したら足が震えた。

アリサは首を振った。余計なことは考えないことである。落ち着いて前に進めばいい。

そう自分に言い聞かせたその時である。先頭を歩くゲンキの地雷探知機が早速音を鳴らした！

四人はビクリと動作が止まった。警告音と同じように心臓が狂ったように暴れ出す。気温は三十度以上あるが、冷たい汗が噴きでた。

自分たちのすぐ近くに、地雷がある……。

アリサは唾《つば》で喉《のど》が鳴った。四人は金縛りにあったように動けなかった。しかし手足は小刻みに震えている。

先頭にいるゲンキがそっと後ろを向いた。

「動くなよ」

そう言って、地雷探知機で明確な位置を探す。探知機が一番強い反応を示した時、アリサの背筋に冷たいものが走った。地雷はゲンキのすぐ目の前に埋まっているだけでなく、左右にもあるようだった。一つだけなら除去せず横に避けて通れるが、これだけ反応が多いとそういうわけにもいかない。

ゲンキは冷静に一歩下がってゆっくりと膝《ひざ》をおろし、ポケットから金属の棒を取りだした。

アリサは心臓が破裂しそうであった。ゲンキが少しでもミスをすれば四人は粉々に吹き飛ぶ。

「大丈夫だ。俺に任せろ」

ゲンキは語尾が震えた。そうは言うがなかなか決心がつかないようである。棒を地面に伸ばすが躊躇《ためら》って引っ込めてしまう。どうしても悪い映像が浮かんでしまうようだった。

「お前ら、やっぱり安全な場所まで離れてくれ」

ゲンキが背中を向けたまま言った。地雷を確実に処理する自信がない証拠だった。

ダイチは首を横に振った。

「何情けないこと言ってるんだ。俺たち死ぬ時も一緒だろ」

アリサも同じ気持ちだった。ゲンキを犠牲にして生き残るなんて自分にはできない。十五年間どんな時も一緒だったのだ。死ぬ時も一緒だと思っている。

「でもよ」

アリサは弱気になるゲンキを勇気づけた。

「大丈夫。おじさんに習った通りやれば絶対大丈夫！　ゲンキならできる」

ダイチとヒカルもゲンキに頷《うなず》いた。三人は、ゲンキに命を託した。

ゲンキは自分を落ち着かせるように息を大きく吐き出し口元を強く結んだ。

「よし」

ゲンキは地面に金属の棒を差し込んでいく。アリサたちは固唾《かたず》を呑《の》んで見守る。ゲンキを信頼しているとはいえ、本物の地雷を掘るのはこれが初めてだ。生きた心地がしなかった。爆発しないでくれと心の中で祈り続けた。

手応《てごた》えがあったらしくゲンキの動作が止まった。

「これだ」

囁《ささや》くように言った。アリサは鼓動が波打った。ゲンキは周りの土を手で掘っていく。すると、茶色い筒の形をした地雷が顔を出した。ゲンキは振動を与えぬよう地雷をそっと取り出した。

「できた……できたぞ」

ゲンキは興奮交じりに言った。

地雷はゲンキの手の平に載るくらいの大きさだが、この中に人間をも粉々にしてしまうほどの火薬が入っていると思うとぞっとした。

「ゲンキ、早く地面に置いて行こう」

ダイチが促した。ゲンキは返事して、地雷を静かに地面に置いた。

無事地雷を処理した四人は再び歩き出した。焦らず慎重に一歩一歩進んでいく。

「やるじゃないかゲンキ」

二番目を歩くダイチがゲンキを褒めた。一つ地雷を処理したゲンキは自信をつけたようだった。

「ああ、ちょろいぜ」

アリサは後ろから注意した。

「あまり調子に乗らないでよ」

「分かってる分かってる」

ゲンキがこちらを振り向いて言ったその刹那《せつな》、またしても地雷探知機がビービーと反応した。四人に再び緊張が走る。

「よそ見しないでゲンキ！」

アリサは、一瞬気持ちがたるんだゲンキに怒声を放った。

「わりいわりい」

ゲンキは言って、地雷探知機を左右に振った。またしても目の前だけでなく左右にも地雷が埋められているようだった。ゲンキは地雷探知機をダイチに渡し、棒を地面に差し込み、地雷がどこにあるか探った。もし下手に触れれば地雷は爆発する。この時が緊張のピークだった。アリサは目を開けていられなかった。

ゲンキは感触があると棒を地面に置き、慎重に土を掘っていく。

地雷が顔を覗《のぞ》かせれば成功といってもよかった。あとは振動を与えぬように取り出すだけだ。

地雷を除去したゲンキは安堵《あんど》の息を吐き、アリサたちに引きつった笑みを見せた。

「な、ちょろいだろ」

アリサは頬を膨らませた後苦笑した。ゲンキは地雷を横に置いて歩みを再開させた。

アリサは、こうやって慎重に地雷を除去して進めば必ず街に出られると確信した。

しかし四人が地雷地帯に足を踏み入れてから十五分以上が経過しているが、まだ百メートルも進んでいない……。

その後も四人は、広大なサバンナに埋まっている地雷を除去しながら北に歩き続けた。地雷探知機が反応しても横に避けられる時はスムーズに前に進めるのだが、そういう場面は少なく、ある所は大体左右にもいくつか散らばっている。大回りしても探知機が反応するのだ。結局、地雷を掘って道を切り開かなければならなかった。

掘り出す作業はやはり相当時間がかかる。四人は思うように先へ進めず苛立《いらだ》ちが募る。しかし焦りは禁物だった。少しのミスでアリサたちの命は一瞬にして消える。常に緊張状態が続いているので、体力よりも先に精神の方がやられてしまいそうだった。

四人は重い荷物を背負いながら、地雷を掘っては進みを繰り返す。気づけば六時間近く経っているが、十キロ進んだかどうかだった。

アリサたちの疲労はいよいよピークに達していた。この暑さの中、重い荷物を背負って歩き続けるのはきつかった。それにこの緊張状態である。普通ならとっくに限界に達しているが、それでも六時間ほとんど休憩せずに歩き続けられたのは、大きな夢と目標が力を与えてくれたからだ。

しかしさすがの四人も集中力が切れかかっている。ちょうど夕闇も迫っているので、四人は今いる周辺が安全なのを確認し、この日はここで夕食を摂ることにした。

アリサたちはリュックをおろすとまず水を取りだし渇いた喉を潤した。シロも相当喉が渇いていたらしく、ヒカルのペットボトルの飲み口に噛《か》みつくようにして水を飲んだ。

リュックの中には、おじさんが握ってくれたおにぎりやパンや缶詰め等が入っていた。ヒカルのリュックにはしっかりとシロの餌もある。よく見ると底にはお菓子まで入っていた。アリサの大好きなチューイングキャンディーだ。

四人は足が早いおにぎりを手に取り、夢中になって食べた。塩がきいていてとても美味《おい》しい。アリサの具はおかかだった。セイおじさんは一人ひとりの好物を握ってくれたようだ。ダイチは鮭。ゲンキはたらこ。ヒカルはこんぶだった。

リュックの中におにぎりは三つ入っていたが、アリサたちは二つ食べてもう一つは明日《あした》の朝食、もしくは昼食にとっておくことにした。

さすがにおにぎり二つだけでは足らず、あとは鶏肉の缶詰めで空腹を満たした。アリサはデザートにチューイングキャンディーを一つ食べた。疲れているせいか、キャンディーの甘味が身体中に行き渡っていくようだった。アリサのキャンディーはこれで残り九個。道のりはまだ長い。大事に食べなくてはならない。

食事を摂った四人はやっと喋《しゃべ》れる元気が戻ってきた。

心落ち着いて喋れるのは休憩時くらいだった。

「俺たち、本当に村を出てきたんだな」

ダイチが独り言のように言った。

「もうどれくらい来たんだろうな。さすがにまだ街は見えてこないか」

ヒカルがダイチに返した。

「まだまだだよ。おじさんが五日くらい歩かないと街に出られないって言ってたじゃないか」

「そうだったな。じゃあAと四日ってところかな」

「長いよね……」

ヒカルが肩を落として呟《つぶや》いた。今日一日が相当苦しかった証拠だ。ゲンキがヒカルを励ました。

「でもよ、おじさんの教えてもらった通り地雷を掘っていけば大丈夫だってことがわかったろ。四日なんてすぐだよすぐ」

ヒカルはすぐに元気を取り戻した。

「うん、そうだね」

アリサは何かを思い出したようにリュックの中身を探り、飛行機のチケットを取りだし、嬉《うれ》しそうに眺めた。

「早く行きたいな。日本に」

三人はそれぞれ返事した。

「ねえみんなは日本で何したい？」

アリサの質問に、まずダイチが答えた。

「俺は色々な勉強を教わりたい。将来、誰もが解けないような計算式を解いてみたいな」

「俺はな」

ゲンキが続いた。

「親に会うよりもまずは、テレビゲームってやつをやってみたいな。あれすごく面白そうだったろ。あとはな、ゲームセンターにも行ってみたいし、それから……」

「ゲンキは遊ぶことばっかりだね」

　ヒカルに言われたゲンキは顔を赤らめた。

「うるせえや。そういうお前は何したいんだよ」

　ヒカルはシロを撫《な》でながら言った。

「僕はおじさんが言っていた、もっと色々な動物を見てみたい。ずっと動物と暮らしていきたいな」

「何だよ、お前だって動物ばかりじゃねえか」

「うるさいな」

「それで、アリサは何をしたいんだ？」

　ダイチがゲンキとヒカルの言い争いを横目にアリサに聞いた。

「私はやっぱり、私を産んだ父親と母親がどんな人か会いたいな」

　ダイチが納得するように頷《うなず》いた。

「そうだね、それはみんなそうだよね」

　ゲンキが大の字になって空を見ながら言った。

「その夢も、もう少しで叶《かな》うんだよな」

ヒカルが弾んだ調子で返した。

「うん、もう少しだよ。早く街に行きたいよね」

「でも今日はここで朝になるのを待とう。真っ暗になったら危険だからね。焦ることはない。ゆっくり進めばいいんだ」

ダイチの言う通り、暗い中動くのは危険だ。それに何より皆疲れている。疲れを取る方が先だった。

やがて空は真っ暗になり、アリサ、ダイチ、ヒカルの三人もその場に寝転がった。生まれて初めての野宿だった。

ダイチがリュックからオイルランプを取りだし火を灯《とも》した。

「明日はどれくらい街に近づけるかな」

ゲンキが夜空を見ながら言った。

「今日以上は進めるよ。今日は村を出たのが昼過ぎだったからね。明日は朝になったらすぐに行こう」

ダイチの提案に皆賛成した。

「地雷なんてもう怖くねえし、ガンガン行こうぜ」

アリサはゲンキのその過剰な自信が心配だった。

「またすぐ調子に乗る」

「はいはい。分かってますって」

ゲンキが適当に返事すると、ダイチとヒカルがクスクスと笑った。アリサも苦笑した。

四人は少しの間静寂に包まれた。するとヒカルが眠い声を出した。

「なんだかもう眠くなってきちゃったよ」

ダイチがつられてあくびした。

「俺もだ」

二人はすぐに寝息を立て始めた。ゲンキも静かなところをみると眠ったらしかった。

アリサは音を立てぬようオイルランプを消した。

アリサはしばらく夜空を眺めていた。身体は疲れているはずなのに、眠れる気分ではない。日本へ行ける期待と、地雷への不安で落ち着かないのだ。

アリサはふと、セイおじさんのことが気になった。おじさんは今頃どうしているだろう。ご飯を食べているかもしれない。それともお風呂《ふろ》だろうか。四人がいなくなって、寂しくしていないだろうか。

アリサは、寂しそうにしているおじさんを想像したら涙がこぼれた。心の中で、ごめんねと言った。

「なあアリサ」

急にゲンキの声がしたのでアリサは涙を拭《ぬぐ》った。

「うん？　どうしたの？」

涙で声が掠《かす》れた。

「さっきお前、日本に行ったら何したいか聞いただろ？」

「うん」

「俺たちさ、日本に行ってもずっと一緒だよな。離ればなれになることなんてないよな？」

不安そうな声なので心配したが、なんだそんなことかとアリサは呆《あき》れた。

「当たり前でしょ。さっきも言ったじゃん。私たちはずっと一緒だよ」

「そっか。そうだよな。おやすみ」

「おやすみ」

ゲンキは今度こそ眠ったらしかった。アリサも今の会話で少し安心したらしく、目を閉じるとすぐに深い眠りに落ちた。


サバンナに散らばる地雷を除去しながら懸命に進んでいく子供たちをモニタールー

ムで祈るような想いで見守っていた正也は、なんとか無事一日目が終了してくれて、ぐったりと力が抜けた。立ち上がる気力を失うほど、心身とも疲れ果てた。いつ爆発してもおかしくない環境に放り込まれた子供たちを何時間も見続けているのだ。神経が衰弱するのは当然だった。

現在も、超小型飛行暗視カメラが外で眠る子供たちを映している。正也は子供たちの寝顔を見てやるせない気持ちになった。

村を出なくたってあと九日もすれば日本に戻れるというのに、自由の世界を夢見てとうとう地雷地帯に足を踏み入れてしまった。子供たちは国の玩具《おもちゃ》にされているとは知る由もなくひたすら街を目指している。地雷で命を奪われるかもしれないというのに、彼らは恐怖よりも生き生きとした表情を見せるのだ。

正也は、四人の輝いた目を見るたび心苦しくなる。そして国に怒りをおぼえる。

子供たちが危険地帯に足を踏み入れても秋本は知らぬふりだ。モニタールームにすらこない。セイも平気な顔で子供たちを送り出した。別れる時、罪悪感を抱いて真実を打ち明けてくれるのを期待したが、彼は最後まで真実を語らなかった。

現在、村の様子を映していた画面はどれも真っ暗だ。子供たちが村を出た瞬間に映像が途切れた。これ以上村を映す必要はないということだろう。だからセイが今どんな表情をしているのかもわからない。しかし想像はつく。一仕事が終わった、くらいにしか思っていないだろう。

正也は、純真無垢《むく》な子供たちを弄《もてあそ》ぶ奴らが許せなかった。今度は苦しめるだけではない、命にかかわるのだ。こんなこと即刻やめさせるべきだが、誰も止めようとはしない。子供のことなど頭になく、ただ豊田を苦しめることに躍起になっている。

豊田聖子は硬い地面に正座して両手を合わせている。全身が痙攣《けいれん》しているかのように震えている。子供たちが眠ったあとはずっとこの姿だった。

正也は彼女を見るのも辛《つら》かった。娘を助けに行きたいが、どうすることもできない。こうして祈り続けるしかないのだ。

正也は、腰についている牢獄《ろうごく》の鍵《かぎ》を見た。もし今牢獄を開けて豊田を逃がしたらどうなるだろうと思った。

しかしそれは無意味なことだった。豊田は刑務所を脱走したところで子供たちが今いるこの場所がどこなのか知らない。結局、ここで画面越しに娘を見守るしかない。

もっとも、正也にそんな大騒動を起こす気はないし、勇気だってない。彼らを助けてやりたいが、自分にもどうすることもできない。正也も画面越しに子供たちが無事に街に着けるのを見守ることしかできないのだ……。

翌朝、正也はモニタールームで目を覚ました。あの後、自宅に帰ろうとしたがどうしても子供たちが気がかりで、結局モニタールームで夜を明かした。残り八日間、正也はモニタールームで生活することになりそうである。

　時刻は七時を過ぎているが、子供たちはまだ目を覚まさない。昨日よほど疲れたのだろう。ここが地雷地帯ということを忘れて気持ちよさそうに眠っている。

　正也は、牢獄の様子が映し出されているモニターを見た。豊田は両手を祈るように交差して画面を見つめている。恐らく一睡もしていないだろう。一晩中正座して、娘の無事を祈っていたに違いない。

　正也は、牢獄の隅に置いてある食事の容器に目をやった。食事を摂る気分にもならないのだろう。一切手をつけていないようだった。

　豊田の身体を心配して、少し早めに調理室へ行き、朝食を受け取った。今朝は白いご飯に生卵に鮭の塩焼き、そしてみそ汁だ。刑務所だから当然だが、相変わらず油気のない食事だ。

　地下におりた正也は牢獄の鍵を開けて中に入った。瞬間、饐《す》えた臭いが鼻についた。最近風呂に入っていない豊田聖子の臭いだ。しかし正也は嫌な顔はせず、昨夜の夕食と朝食を取り換えた。取り換える際一言も声はかけなかった。豊田からすれば正也も刑を作った人間と同じである。また恨み言を言われるのが落ちだ。

　正也が牢獄から出ても豊田は食事に目をやるどころか少しの反応も見せなかった。しかし正也が鍵を閉めた時、ほんの微《かす》かにだが豊田が、

「聖」

と声を洩《も》らした。何だろうと顔を上げると、画面には目を覚ましたアリサが映っていた。


目を覚ましたアリサは自分の身体が乾ききっていることを知った。着ているジャージが汗でビッショリ濡《ぬ》れている。照りつける太陽のしたで眠っていたのだ。水分を失うのは当然だった。アリサはリュックにしまってある水を取りだし勢いよく飲んだ。水といってももうお湯である。渇きは癒されたが満足感はなかった。早く街に着いてキンキンに冷えたジュースが飲みたい。

三人もアリサの音で目を覚ました。彼らも最初に水に手を伸ばす。シロも喉《のど》が渇いているらしく、ヒカルの水をかなり飲んだ。

「アリサおはよう。起きてたのか」

ダイチが言った。

「私も今起きたところ」

ゲンキは辺りを見渡し、

「そうだよな、もう住居じゃないんだよな」

と呟《つぶや》いた。ヒカルはお腹に手を当てて弱々しい声を出した。

「僕お腹空いちゃったよ」

言われてみればそうだった。一晩寝ただけなのに胃が空腹を訴えている。それもそのはずだ。昨晩四人が食べたのはおにぎり二つと小さな缶詰め一つだけだ。今まで毎日満足に食べていた四人からすれば断然量が少ない。昨日は何時間も歩き続けていたのだから尚更《なおさら》だ。腹が空くのは当たり前だった。

四人はラップに包まれたおにぎりを手に取った。これで米は最後だが、もったいないからといって残しておいても腐るだけだ。四人はおにぎりにがっついた。ものの一分で平らげてしまった。アリサたちはそれだけではどうしても足らず、チューイングキャンディーを一つずつ食べた。

全然満足とはいかないが朝食を済ませた四人はリュックを背負って立ち上がった。

「行こう」

ダイチが気合を入れた。アリサは広大な大地を見据えて強く頷《うなず》いた。ここからまた一瞬の油断も許されない。アリサたちは気を引き締めた。

四人はまた一列になって歩いた。並びは昨日と同じである。ゲンキを先頭に四人は地雷地帯をゆっくりゆっくり進んでいく。地雷を処理するのもゲンキに任せることにした。ゲンキ一人に負担をかけてしまうが、実践を積んだゲンキの方が安全だった。

歩き出してまだ一分少々だが、早速地雷探知機が音を鳴らした。四人は一斉に足を止めた。緊張が走る。しかし昨日よりは落ち着いていた。ゲンキも慌てることなく冷静に地雷の位置を探りだし、棒を地面に差していく。手応《てごた》えがあると手で土を掘り地雷を取りだした。

ゲンキは地雷を三人に見せ、

「どうよ」

と勝ち誇った顔をした。

「随分慣れたなゲンキ。すごいよ」

ダイチが褒めると、ゲンキはへへと鼻をかいた。しかしアリサと目が合うと、いけねえ、といった顔になり、地雷を地面に置いて、

「行くぞお前ら」

と厳しい声で言った。また調子に乗ると叱られると思ったのだろう。アリサはクスと笑って再び歩き出した。

それから四人は時間をかけて一歩一歩着実にサバンナを北に進んでいった。地雷処理に慣れたゲンキは危なげない作業で地雷を取りだしていく。しかしいくら処理しても地雷探知機はすぐに音を鳴らす。あとどれだけの地雷が埋まっているのか考えたく

もないが、行く手を阻む地雷を確実に処理して道を切り開いて行くしかなかった。

四人は昼に少し休んだ以外、ほとんど休憩をとることなく歩き続けた。息が苦しくても足が疲れても四人は一切弱音を吐かなかった。声をかけ合い、協力して前に進んだ。どんなに辛くても夢が力を与えてくれた。大きな目標があるから頑張れた。熱気に包まれた中、重い荷物を背負って四人は懸命に街を目指す。地雷なんかに負ける気はしなかった。

しかしいくらゲンキの地雷処理作業が慣れたとはいえ、地雷が集中している場所では約一分間隔で地雷探知機は反応する。思うように進めるわけがなかった。一日中歩き続けてもたった十二、三キロが限度だった。ここまで多いと、街まで残り何キロかというより、あとどれだけの地雷を処理しなければならないのだという思いの方が強かった。四人は少しでも早く地雷地帯が終わることを願った。

アリサたちは昨日と同様、夕陽が沈む少し前に夕食を摂ることにした。夕食を終えた頃には空は暗くなっているだろう。今日もそのまま眠ることになりそうである。

辺りが安全なのを確認した四人は地面にバタリと崩れ落ちた。動くのを止めた瞬間に全身がジンジンと痛みだした。特に足の裏が痛む。冷やしたくてもそんな道具はなかった。

疲れ切っている四人は寝ころんだまましばらく起きあがれなかった。会話をする力も残っていない。このまま眠ってもいいくらいだった。

やっと上半身を起こした頃には空は暗くなっていた。ダイチがオイルランプをつけた。

夜になったと同時に、急に風が強くなりだした。広大な大地にびゅーびゅーと不気味な音がする。激しく砂が舞う。

アリサたちは構わずリュックの中を漁《あさ》った。ジャムパンと缶詰めを一つずつ取りだし貪《むさぼ》り食べた。

「あと三日だね。三日で街に着くんだよね」

ヒカルが声を弾ませて言った。アリサはこの話題になるたび胸がドキドキする。頭の中で夢が広がる。

「地雷なんて完全に慣れたしな、全然余裕だぜ」

調子づくゲンキはアリサと目が合うと先に言った。

「おっと、調子に乗るなって言うんだろ。分かってるって」

アリサとゲンキは口元に笑みを浮かべた。

夜は唯一心落ち着く時間で、アリサとゲンキとヒカルは和やかな会話で笑みを見せる。しかしダイチだけ少し様子がおかしかった。ダイチは未《いま》だ夕食も摂らず、リュックの中身を深刻そうに見ている。

「おいどうしたダイチ」

ゲンキが声をかけた。ダイチはリュックの中身を見たまま言った。

「全然余裕じゃないよ」

「余裕じゃないって何が？」

ゲンキが聞き返す。ダイチは三人に向いて答えた。

「街に出るのがだよ」

「おいおいそりゃどういう意味だよ。俺の技術が信用できないってのか？」

ゲンキは地雷処理のことを言っているのだった。しかしダイチは首を横に振った。

「違うそうじゃない」

「じゃあ何だよ」

ダイチは手に持っているリュックを持ち上げた。

「このままじゃ食糧が足りなくなる」

アリサたちは顔を見合わせた後リュックの中身を見た。

ダイチは続けた。

「これじゃあ残り三日ももたない」

確かに言われてみればそうだった。アリサのリュックの中にはパン二つと缶詰め一つしか残っていない。チューイングキャンディーが六個残っているがこれは食糧とはいえない。

何より深刻なのは水だった。二リットルあった水も一リットルを切っている。アリサたちはそんな大事なことに今更気づいた。地雷や街に出ることで頭が一杯で、食糧のことに気が回らなかったのだ。

しかしゲンキは全く危機感を抱かなかった。平然とした調子で言った。

「そりゃ、あれだけ食べりゃあなくなるよな」

「違うんだ」

「違うって何だよ」

ゲンキは苛立《いらだ》った口調になった。

「おじさんは街に出るまで五日ぐらいだっていったろ? 考えてみたら、最初から五日分も入ってなかったんだ」

アリサとゲンキはまた顔を見合わせた。

「そう言われてみりゃ、そうだな。確かに少ない」

「リュックにスペースがなかったんだよ」

アリサはセイおじさんをかばった。しかしダイチには通じなかった。

「いや、もう少し入れることはできたはずだよ。どうしておじさん、もう少し食糧入れてくれなかったんだろう……」

四人は沈黙に包まれた。

「きっと、これしか住居になかったんだよ」

ヒカルがダイチを宥《なだ》めるように言った。ダイチはすぐに納得した。

「そうだろうね。これが精一杯だったんだね」

食糧不足と気づいた時、アリサも危機感を抱いたが、よく考えてみればそれほど大した問題ではなかった。確かにこの食糧と水では充分とは言えないが、あと三日で街に辿《たど》り着けるのだ。食糧が尽きたって一日や二日くらい何とかなる。

それを三人に告げると、ゲンキのテンションが俄然《がぜん》上がった。

「そうだよな。三日くらい気合で何とかなるぜ。ダイチは心配しすぎなんだって」

「そうだよ、大丈夫だよ。ね？　シロ」

ヒカルがシロに問いかけると、シロは元気良く吠《ほ》えた。

「ああ、そうだね」

ダイチも納得したように頷《うなず》いたが、心の中の不安は消えないようだった。パンを食べる時、心配そうな表情を浮かべているのをアリサは見ていた。ダイチはこの日、パンを半分しか食べなかった。

翌日、朝一で出発したアリサたちは気候の変化に気づき立ち止まった。気温が下がっているのは有り難いが、昨夜から続いている風が強くなってきた。あちこちで砂が舞い、辺り一面砂埃《すなぼこり》に覆われて視界が悪い。十メートル先も見えないくらいだった。風は段々と強くなっていく。強風は一瞬たりともやむことなく吹き続けた。止まっていても左右に揺すられる。身体が倒されそうになる時もあった。

「みんな、風に気をつけていこう」

ダイチが口を手でおさえながら言った。三人は返事して、ゲンキを先頭に慎重に前に進んでいく。

その直後、地雷探知機が反応した。ゲンキは小さく舌打ちした。

「ゲンキ、気をつけてよ」

アリサは風が心配で声をかけた。

「わかってる」

ゲンキは頷いて、ゆっくりと屈《かが》んだ。ゲンキは風を警戒していつも以上に慎重に作業を行った。アリサは風が吹くたびハラハラした。強く吹くとゲンキの手先がぶれるのだ。アリサはゲンキを信じて見守った。

何とか地雷を処理したゲンキは立ち上がり太い息を吐いた。一つ処理するだけで全身汗だくだった。風の強いこの日は特に神経の消耗も激しいだろう。

「大丈夫？　ゲンキ」

　アリサは心配だが、代わろうかとは言えなかった。もちろん代わってやりたいが、アリサにはゲンキのように地雷を処理する自信も勇気もない。ダイチとヒカルもそうだった。ゲンキに任せていた方が安全なのだ。

　ゲンキは三人を心配させぬよう一切疲れた表情は見せなかった。

「大丈夫だ。問題ねえ」

「疲れたら言ってよ。休憩しよう」

　アリサが言うと、ゲンキは薄く笑った。

「何言ってんだ。まだ歩き始めたばかりじゃねえか。そう休んでられっかよ。俺たちは少しでも早く街に着かなきゃいけねえんだからな」

　ゲンキは暗に食糧不足のことを言っているのだった。確かに彼の言う通り、早く街に着かなければ自分たちは苦しい状況に陥る。いや、現に陥っている。今朝は後のことを考えて、チューイングキャンディーを二個しか食べていない。水も二口くらいにおさえた。順調に進めば、今日を入れてあと三日で街に着くが、休めば休んだだけ着くのが遅れる。それだけ空腹に耐える時間も延びるということだ。

　四人の焦る気持ちとは裏腹に、強い向かい風がアリサたちを押し返す。地雷に加えてこの風だ。ほとんど前に進めずジリジリするが、追い風や横風よりはましだった。

風に押し流されて地雷を踏んでしまう恐れがある。

四人は目を保護して一歩一歩力を込めて進む。強風との闘いは相当な力が必要だった。声をかけ合いたいが、今の四人にそんな余裕はなかった。

またしてもゲンキの地雷探知機が音を発した。アリサは危機感よりも先に溜息《ためいき》が出た。地雷地帯はどこまで続くのか。苛立ちが声に出そうだった。

ゲンキは冷静に地雷を探り、金属の棒を差し込んでいく。

突然、ゲンキが棒を放し目をおさえた。どうやら目に砂が入ったらしく、痛そうに蹲《うずくま》っている。

「大丈夫、ゲンキ」

アリサはポケットからハンカチを取りだしゲンキに渡した。

「わるい」

ゲンキはハンカチを受け取り砂と涙を拭《ぬぐ》った。

「本当に大丈夫か？」

ダイチが確認するとゲンキは笑みを見せた。

「平気だって」

そうは言うが、まだ染みるらしくゲンキはなかなか作業を再開できない。アリサはそんなゲンキが可哀想で見ていられなかった。

交代してあげたい。だがほんの少しミスをした瞬間に四人の命は一瞬にして消える。悪い映像ばかりが浮かぶのだ。やはりアリサには自信がなかった。

アリサは、地雷を処理し道を切り開いてくれているゲンキに心から感謝した。ゲンキがいなかったら、私たちはここにいないかもしれない。

ゲンキは目の痛みを堪《こら》え、地雷を掘り出しそれを横に置いた。

「さあ行こうぜ」

ゲンキは三人を心配させぬよう明るく言って歩みを再開させた。アリサたちは胸が痛んだが、何を言っても休憩するゲンキではない。三人は黙ってゲンキの後ろに続いた。

地雷探知機はしつこく反応する。アリサは、もう止めてと叫びそうになった。

ゲンキは落ち着いて地雷を処理していく。強風が吹き始めて二時間が経った時、ゲンキの両目は真っ赤に染まっていた。

アリサは腕時計を見た。現在十一時三十分。四人はいつも十二時に休憩をとっている。少し早いが、昼休憩といえばゲンキも納得するだろう。

「みんな、少し早いけどお昼休憩にしよう」

後ろからアリサが提案すると、ダイチは腕時計を確認し、有無を言わさずゲンキをその場に座らせた。

「そうだ、そうしよう」

「何だ何だ、俺は全然大丈夫だぜ」

アリサは頬を膨らませた。

「お願いだから無理しないで。お昼休憩なら文句ないでしょ」

ゲンキはフッと笑った。

「まあそうだな」

しかしお昼休憩と言っても四人にはほとんど食糧がない。アリサは我慢しようかと思ったが、今朝はチューイングキャンディーしか食べていないので夜まで身体がもちそうになかった。アリサは仕方なくパンを半分食べ、少しの水で喉《のど》を潤した。ゲンキたちも我慢できずパンにかじりついた。

あっという間の昼食が終わると、ダイチが困ったように言った。

「この風、どうにかならないかな」

未《いま》だに風はビュービューと音を立てて吹き荒れている。ほとんど目を開けられない状態だった。

「止むまでここで休憩する？」

ヒカルがシロの顔を手で隠しながら言った。

「そんなのいつになるか分からねえよ」

ゲンキの言うように、止むまで待っていたら夜になりそうである。

「せめて、少しでも弱まってくれたらいいんだけど」

アリサが天に祈るように言った。すると不思議なことに、今まで吹き荒れていた風が急にピタリと止んだ。

四人はあまりの驚きに顔を見合わせた。

「お、おいアリサお前すごいじゃん！　本当に風止んじゃったよ！」

ゲンキはアリサの肩を叩《たた》いて褒めた。アリサはポカンと口を開けたまま反応できなかった。

「もしかしてアリサは天気を変える力があるんじゃないのか？」

ダイチが冗談交じりに言った。

「偶然に決まってるじゃん」

とアリサは苦笑した。

しかし驚いた。自分が言った直後にあれだけ吹き荒れていた風がピタリと止んだのだ。ダイチは冗談で言ったが、自分には本当に天気を変える力があるのではないかと一瞬思った。

ダイチは急いで立ち上がった。

「今のうちだ。行こう」

三人もリュックを背負って立ち上がった。そして一列になって歩き出す。

だがすぐにアリサは立ち止まった。急に耳鳴りがしたからだ。アリサは、広大なサバンナを見渡した。

やはりおかしいと思った。あれだけ強風が吹き荒れていたのに、今は少しの風も吹いていない。不気味なほどに、静まり返っている。

十五年間生きてきて、こんな急激な天気の移り変わりはなかった。

この天気は異常だ。そう直感したその直後だった。地面が急に揺れ始めたと同時にほうぼうで地雷が爆発した。

「地震だ！」

ゲンキが叫んだ。しかし慌てるほどの揺れでもなかった。四人は地震がおさまるのを待った。

しかしいくら待っても地震はおさまらない。異変に気づいたのはその直後だった。

遠くから、凄《すさ》まじい風の音が聞こえてきたのである。

前方を見たアリサは目を大きく見開き息を呑《の》んだ。口をあわあわとさせながら前方を指差した。

「みんな……あ、あれ」

やっと声が出た。それに気づいたダイチたちも硬直した。

「竜巻だ！」

ダイチが叫んだ。アリサの頭の中に瞬間、セイおじさんの声が蘇《よみがえ》った。

アリサは今まであのような風の渦巻きを二回見たことがある。セイおじさんはあれを竜巻と教えてくれた。そしてアリサたちに、竜巻が起こった時は絶対に外には出てはいけないと真剣な顔で言った。

だからアリサたちは地雷と同じくらい竜巻にも恐怖心を抱いている。

こちらに襲いかかるようにして向かってくる竜巻は今まで見たものよりも遥《はる》かに大きく、そして速い。逃げる時間なんてなかった。もっとも、地雷地帯では逃げられない！

「みんな、地面に伏せろ！」

ダイチが三人に指示した。この状況ではそうするしかなかった。四人は急いで地面にうつ伏せとなり、吹き飛ばされないようにお互いの手を握った。

竜巻は、四人を吸い込むようにしてやってきた。渦にのみ込まれたアリサたちは吹き飛ばされぬよう、力一杯地面にへばりつく。しかしシロを抱えているヒカルが竜巻に持っていかれそうになった。アリサたち三人は、ヒカルを引き寄せようと必死になって引っぱる。だが今のアリサたちは普段の力が出せず、四人とも竜巻にズルズルと引きずられた。

この辺りにももちろん地雷が埋まっている。アリサの脳裏に、地雷が爆発する記憶が過《よぎ》った。

死にたくない。アリサは頭の中で叫んだ。

四人は残っている力を振り絞り、竜巻が行くまで懸命に耐えた。何とか危機を乗り越えた四人

竜巻はアリサたちを通り越し南の方へ去っていった。

は辺りが静かになると目を開けて上半身を起こした。

四人とも顔が汚れ、擦り傷だらけになっていた。まだ身体は震え、心臓が暴れている。この時アリサは、自分は生きているんだと実感した。しかし四人はしばらく放心状態から抜けられなかった。

この日、夕闇が迫るとヒカルが崩れ落ちるように地面にへたりこんだ。体力の限界のサインだった。それを見てアリサたちも地面にばたりと座り込んだ。四人は呆《ほう》けたように一点を見つめる。夜は唯一落ち着くことができる時間だが、アリサたちは会話を交わす気力もないほどに疲れ切っている。充分に食事を摂っていない彼らは憔悴《しょうすい》していた。

あれから再び風が強くなりだし、四人は強風の中ふらふらになりながらも何とか無

事三日目を終えることができた。目標がなければとっくに倒れているだろう。気力でここまできたといっていい。しかしここまで、といっても今どの辺りにいるのかアリサたちは見当がつかない。中間地点は過ぎたのだろうが、あと二日もこの状態が続くと思うと暗鬱《あんうつ》な気分になる。しかし絶対に弱音を吐いてはならなかった。士気が下がるのもそうだが、何よりゲンキに申し訳ない。ここまで一人で地雷を処理してきたゲンキは誰よりも疲れている。しかし彼は一切弱音や文句は吐かなかった。さすがに今は一言も喋《しゃべ》ろうとはしないが、少し時間が経てばまた皆を盛り上げるだろう。アリサは改めてゲンキの存在の大きさを知った。

それにしても腹が減った。アリサたちはどうしても空腹をおさえることができず、昼に食べたパンの残りと、四人で二つ缶詰めを開けた。多少は空腹を紛らわすことができたが、明日《あした》の朝にはまた空腹に苦しむことになるだろう。心配なのは夜だ。明日の夜も今日と同じ、いやもっと最悪な夕食になるかもしれない。アリサのリュックにはとうとうパン一つとチューイングキャンディー三個となってしまった。四人で缶詰めが二つあるがたかがしれている。五日目はきっと食糧なしで街を目指すことになるだろう。少しでも早く街が見えてくるのを願うしかなかった。

カレーライスやシチューやハンバーグが恋しかった。街に着いたらまずご飯を鱈腹《たらふく》食べよう……。

アリサはたくさんご飯を食べている光景を浮かべ地面に横になった。少し食べたせいか、あっという間に深い眠りに就いた。

翌日も空腹との闘いだった。朝昼を抜き、気力と根性で何とか夜まで歩き続けた。しかし四人はもう倒れる寸前まできていた。

地雷に対する危機感が薄れるほどアリサたちは集中力を欠いている。それでも地雷の餌食《えじき》にならずに済んだのは全てゲンキのおかげである。ゲンキも精神状態がギリギリであるが、地雷を処理する際、脳で動いているというより身体が勝手に反応しているといった感じだった。皆を絶対に守るんだという強い想いが、ゲンキの背中から伝わってくる。アリサはゲンキに声をかけ続けた。自分の意識を保つためでもあった。夜になるとアリサの声はガラガラに嗄《しわが》れていた。

明日、念願の街に到着するはずだ。その前に倒れては元も子もない。四人はリュックから食糧を取りだした。一度口にすると制御がきかず、アリサたちは夢中になってそれらを食べた。ゆっくり味わって食べる余裕なんて四人にはなかった。

アリサたちはパンを食べ尽くし、残ったのは缶詰め一個と少々のお菓子だった。

ダイチが二日目の夜に言ったように、街に着く前にアリサたちの食糧はほとんど底をついてしまった。

アリサたちは残った缶詰めをじっと見据えた。四人の目は獲物を狙う獣のようだった。アリサは無意識のうちに指を噛《か》んでいた。今にも涎《よだれ》が垂れそうだった。

我慢だ。アリサは自分に繰り返し言い聞かせた。この最後の缶詰めには絶対に手をつけてはならない。この缶詰めがあるのとないのとでは気分的に全然違う。最後の缶詰めの蓋《ふた》を開けるのは、本当の限界が訪れた時だ。

アリサは余計なことを考えぬよう缶詰めをリュックにしまい、気を紛らわせようと横になった。しかし缶詰めが頭の中でグルグルと渦巻く。気が狂いそうだった。アリサは必死に欲望を堪《こら》える。二日三日程度なら耐えられると考えていた自分が甘かった。今、悶《もだ》えるほどの苦しみが襲ってきている。

だがもう少しの辛抱だ。明日街に到着する。それまで気をしっかりともって歩き続けることである。


正也は怒りをおさえられずモニタールームの機材を思い切り拳《こぶし》で叩《たた》いた。

国の奴らは一体どこまで人間が腐っているんだ。地雷地帯に放り込むだけでは飽きたらず、あえて少量の食糧を持たせて子供たちを飢えで苦しませている。あんな量では五日ももつはずがない。セイはそれを知っていて子供たちに平然とリュックを渡した。国も国だが従う方もおかしい。もっとも街に送り出した時点でセイには情の欠片《かけら》もないが。

子供たちは明日街に到着する予定だ。さすがに餓死することはないだろうが、四人は極度の空腹で集中力を失っている。足取りも怪しくなってきている。ふと身体がよろけて地雷を踏む可能性がある。地雷を処理してきたゲンキだっていつミスを犯してもおかしくない状態なのだ。四人が生きているのが奇跡なくらいだった。

このままでは本当に子供たちは地雷の犠牲になる。今度こそ止めなければならないと、正也はモニタールームを飛び出し三階に向かった。そして看守長室の扉を激しく叩いた。

「看守長！　看守長！」

しかし中から反応はない。

「看守長！」

いくら呼んでも同じだった。一階かどこかだろうかと振り返った時、階段から看守がやってきて正也に言った。

「秋本さんならちょっと前に帰りましたよ」

「帰った……？」

秋本がそういう人間だということは知っているが、今回は怒りよりもショックの方が先にきた。秋本も今子供たちがどういう状況におかれているか知っているはずなのだ。

「なんで平気でいられるんだよ」

正也はしばらくその場から動けなかった。

子供たちが村を出て五日目の朝を迎えた。正也は一睡もせずにモニターを見ている。子供たちが心配で一晩中彼らを見ていた。よほど空腹が苦しいのだろう、四人とも魘《うな》されていた。助けてやりたいがどうすることもできない。せめて食糧だけでも届けてあげたい。しかし自分には何もできない。結局ただモニターの前で見守るしかない。自分の無力さを改めて痛感する。

豊田もあれからほとんど眠らず娘の無事を祈っている。冷たい床に正座して、手を合わせたり祈るように両手を交差したりしている。今は国に対しての怒りも忘れて、子供たちが一刻も早く街に着くことだけを願っている。

豊田も子供たちと同様日に日に弱っているのが画面越しでも分かる。四人が村を出る時から一口も食事を摂っていないのだ。弱っていくのは当然である。最初は食欲がなかっただけだろうが、今は娘と一緒に空腹の苦しみと闘っているのではないかと正也は思う。自分が豊田の立場だったらきっと同じようにする。子供に申し訳なくて、自分だけ食べることはできないだろう。しかしこのままでは豊田の方が先に倒れてしまいそうである。ただ豊田の場合倒れてもすぐに病院に運ぶことができる。そして点滴をうてば数時間で回復するだろう。だが子供たちは違う。周りに助けてくれる大人がいない。彼らはまさに死と隣り合わせの状態なのだ。この数日まともに食べていない彼らは倒れる寸前まできている。それでも四人は炎天の中を懸命に歩き続けている。もう少しで街に着くという思いが彼らの意識をつなぎとめている。

「あとちょっとだ、頑張ってくれ」

心の想いが声になって出た。その直後に地雷探知機が反応し正也は機材を拳で叩いた。

一体どこまで地雷を仕掛けているのだ。頼むからこれ以上彼らに負担をかけないでくれ……。

ゲンキが地面に膝《ひざ》をつき地雷を探る。一つひとつの動作が危なっかしく土を掘る手にも力がない。正也は見ていられず目をそむけた。

辛うじて地雷を処理し四人はまた歩き出すが、ダイチの提案で一旦《いったん》休憩を取ることになった。四人はその場に座り込み、激しく呼吸を繰り返す。あと少しだから頑張れとゲンキが皆を勇気づけた。

「そうだ。だから焦らずゆっくりでいい」

正也は声をかけた。その直後正也は異変に気づいた。四人の身体が少しずつ地面に沈んでいっている。最初は目の錯覚かと思ったがそうではない。やはり四人の身体は砂の中に沈んでいる。吸い込まれるように！

その時正也の全身に電気のような物が走った。昔、テレビか映画か忘れたが、これと同じ光景を見たことがある。

間違いない。これは『流砂』だ。一見普通の地面のようだが、一旦そこに重みがかかると、その地面が崩壊し蟻地獄のようにのみ込まれたら最後、這《は》い上がることは絶対できない。

正也は立ち上がりモニターに向かって叫んだ。

「そこから早く逃げろ！」

しかし声が届くはずもなく、子供たちは未《いま》だ気づかない！

その異変に最初に気づいたのはアリサだった。なぜか自分たちの身体が砂の中に沈んでいく。足を抜くようにして上げたがまた沈んでいくのだ。

辺りを見たアリサは目が覚めたようになった。地面に生えている枯れ草も同じように沈んでいき、やがて消えてしまった。アリサはまさかと背筋が凍りついた。気づけば自分たちの尻《しり》や足首は消えてしまっていた。このままでは私たちものみ込まれる！

「みんな早く立って！」

アリサは立ち上がって叫んだ。しかし三人はまだ気づいていない。ぼんやりとアリサを眺めている。

「地面を見て！　身体が沈んでってる！」

三人は同時に地面を見てようやく異変に気づいた。

「なんだよこれ！」

ゲンキは埋まってしまっている足を抜いて立ち上がった。ダイチも慌てて立ち上がる。しかしシロを抱いているヒカルは力が出せない。

「抜けない！　足が抜けない！」

ヒカルの身体はみるみると沈んでいく。膝下までのまれていた。

「助けて！」

三人はヒカルの腕を取り力を合わせて引っぱる。だが吸い込む力が凄《すさ》まじく、簡単に引っぱり出せない。この間にもアリサたちの足は吸い込まれている。速度が徐々に増している気がする。

　アリサたちは何とかヒカルを引っぱり出した。しかしすでに四人の脹《ふく》ら脛《はぎ》は砂の中に消えてしまっていた。

「みんな走れ！」

　ダイチが叫んだ。アリサたちは砂の中から両足を引っこ抜いて走った。走るといっても四人には体力が残っていないし、一歩踏むたびに足が砂にズボリと埋まる。普段の早歩きよりも遅かった。

　四人は必死に流砂から逃げる。地雷地帯の中を走るのは無謀だが、立ち止まれば身体がのみ込まれる。地雷が埋まっていないのを願うしかなかった。

「もうダメ。走れない……」

　少し遅れているヒカルが立ち止まった。砂はヒカルの足を食うようにして吸い込んでいく。ヒカルは一気に膝下までのみこまれた。ここまでくると自力では抜けられない。シロを抱えているので尚更《なおさら》だ。三人はまた力を合わせてヒカルを引っぱり出した。

「しっかりしろ！」

　ゲンキに頬を叩《たた》かれたヒカルは弱々しい声を出しまた走り出した。

　どれだけ離れたか、アリサは一旦立ち止まり自分の足を見た。流砂から抜けたのを知ったアリサは安堵《あんど》の息を吐いた。しかしまだヒカルがきていない。ヒカルは少し遅れた所で膝をついていた。アリサたちはヒカルの元へ戻り立たせようとするがヒカルは立ち上がれない。ひとまず安全な場所に来たので、ここで休憩を取ることにした。

「さっきのは一体なんだったんだ」

ゲンキが後ろを見ながら言った。セイおじさんに流砂のことを教えられていないアリサたちは答えられるわけがなかった。一昨日《おととい》の竜巻のように異常現象ということだけは分かった。

それにしてもあの時自分が気づいていなかったらと思うとゾッとする。とにかく皆無事でよかった。

腕時計を見たダイチが腰を上げて言った。

「みんな行こう。街までもう少しだ」

その言葉が何より大きな力を与えてくれる。アリサとゲンキも手を突いて立ち上がった。しかしヒカルだけが座ったままである。

「どうしたヒカル？」

ゲンキが声をかけるとヒカルはハッとなって立ち上がった。

「ごめんごめん、さあ行こう」

アリサたちは一列になって歩き出した。

その時だった。いつも大人しいシロが急にキャンキャンと甲高い声で鳴きだした。シロはまだ鳴き続けている。まるでアリサたちを呼び止めているようだった。ヒカルは慌ててシロを黙らせようとする。しかしシロは言うことをきかない。

シロがこんなに鳴くのは珍しい。過去に一度だけ今みたいに鳴いたことがあった。ヒカルが高熱を出し、セイおじさんを住居に呼びに行った時だ。それを思い出したアリサはヒカルの表情を見た。アリサの視線に気づいたヒカルは目を伏せた。

「ヒカル？　どうしたの？」

ヒカルは無理に笑って首を振った。

「何でもない、行こう」

そう言ってヒカルは歩き出したが、

「痛い」

と顔を顰《しか》めて屈《かが》んでしまった。

「まさかヒカル、足を怪我してるんじゃないのか？」

ダイチが聞いた。

「そんなことないよ」

ヒカルはそう言うが我慢しているのは明らかだった。

「ちょっと見せてみろ」

　ダイチはヒカルの靴を脱がせた。すると右の踝《くるぶし》の辺りが真っ赤に染まっていた。どうやら皮がめくれているようだった。

「ヒカル……」

　アリサは悲痛な声を洩《も》らした。ヒカルは観念するように言った。

「さっき走った時にやっちゃって」

「何でもっと早く言わねえんだ」

　ゲンキが叱った。

「だって、みんなに迷惑かけたくないから……」

　ゲンキは呆《あき》れたように溜息《ためいき》を吐いた。

「何が迷惑だよ。俺たちがそんな風に思うと思ってんのかよ」

　ヒカルはゲンキを見てまた顔を伏せた。

「ごめん」

　アリサは手を差し出した。

「立てる？」

　今すぐに治療してあげたいが、リュックに治療道具は入っていない。ヒカルにはこの状態で耐えてもらうしかなかった。

　ヒカルは俯《うつむ》いたまま顔を上げない。

「さあヒカル」

ヒカルは首を振った。

「どうしたのよ?」

「無理だよ」

ヒカルは深刻そうな声の調子に変わった。

「何が無理なんだよ」

ゲンキが乱暴な口調で聞いた。

「僕にはもう歩ける力が残ってないし、こんな足じゃ街には行けないよ」

ゲンキは弱気になるヒカルの胸元を摑《つか》んだ。

「何情けねえこと言ってんだコラ。何が何でも街に行くんだろうが」

「でも」

「でもじゃねえ。立て、立つんだよ!」

ゲンキは強引にヒカルを立たせた。

「ゲンキ!」

アリサが止めに入ったがゲンキは手を振り払った。

「決めたろ。俺たち絶対に四人で日本へ行くって。俺は引きずってでもヒカルを連れていくぜ」

少し乱暴だがこれがゲンキなりの優しさだった。アリサは強く頷《うなず》いた。

「ヒカル、街までもう少しだから頑張ろう」

ヒカルは弱々しいが返事した。

「うん。分かった」

アリサはヒカルの怪我を教えてくれたシロの頭を撫《な》でた。

「ありがとねシロ、教えてくれて」

シロは嬉《うれ》しそうな顔を見せた。

「よし、行こう」

ダイチが前を向いて号令をかけた。アリサは瞳《ひとみ》に映るサバンナの景色に街の風景を浮かべた。

私には見える。テレビで観たような賑《にぎ》やかな景色が。

だからもう少しの辛抱だ。街はすぐに見えてくる。

アリサたちは最後の力を振り絞り、灼熱《しゃくねつ》のサバンナを北に歩いた。ヒカルは右足の痛みに、歯を食いしばりながら歩く。後ろのアリサと前のダイチが身体を支え懸命にサポートした。しかしヒカルは足を引きずるほどの怪我を負っているというのに、アリサとダイチにシロを渡そうとはしなかった。二人が何度言っても頑《かたく》なにそれを拒んだ。ヒカルにとってはシロは親友であり身体の一部でもある。どんな状況であれほんの少し離れることも耐えられないのだろう。そしてシロを絶対に守るという想いが背中から伝わってくる。またシロもヒカルを支えているのだろう。とっくに限界を迎えているヒカルがここまでこられたのは、シロが力を与えてくれていたからなんだろうなとアリサは思った。改めてヒカルとシロは一心同体だということを知った。

ヒカルはシロをしっかりと抱いて一歩、また一歩と進んでいく。こうして街に進むことができているのは言うまでもなくゲンキのおかげである。未《いま》だに地雷探知機は反応しているが、ゲンキが確実に処理してくれる。

ゲンキは集中力を取り戻したようである。やはり、もうじき街に着くという期待が大きかった。アリサも昨日より今日の方が苦しいはずだが、夜までには街に到着すると思っているので気持ちは楽だった。

ダイチとヒカルもそうである。セイおじさんが五日歩けば街に着くと言ったのだ。今日中に着くと思い込んでいた。

しかし、夕陽になっても街は一向に見えてこない。そんな気配すらない。全く景色が変わらないのである。

変だ、というようにヒカルが足を止めた。

「おかしいよ、まだ見えてこない」

アリサも雲行きが怪しいと感じているが、ヒカルを励ました。

「大丈夫、夜までには着くから」

「でももう少しで夜だよ。本当に着くの？」

アリサはヒカルの不安を消すために言いきった。

「必ず夜までには街に着くから」

ゲンキも前向きだった。

「そうだ、夜までには着く。だからもう少し頑張れ」

ヒカルは弱々しく返事した。

四人は歩みを再開した。早く街が見えてくるのを祈って重い身体を押すようにして前に進めた。

しかし夕陽が沈みかけても街が見えてくる様子はなかった。アリサは目を細めて遠い先を見た。砂埃《すなぼこり》でよく見えないが、明かりは一切見えない。街がある気配を感じない。

またヒカルが足を止めて今にも泣きそうな声で叫んだ。

「見えてこないじゃないか。夜までには着くんじゃなかったの？」

もうじき空は暗くなる。アリサはこれ以上励ますことはできなかった。

「おじさんは五日歩けば着くって言ったんだけど」

先程からずっと黙っていたダイチが冷静に言った。

「おじさんだって予想が狂うこともあるだろう。考えたくないけど、この様子だとあと一日はかかるんじゃないかな」

「一日……」

ヒカルは呆然《ぼうぜん》となった。遠い先を見つめて、口をパクパクとさせている。ゲンキは力を落とすヒカルを見てすぐにダイチの予想を否定した。

「な、何言ってんだよダイチ。街はもうすぐそこだ。さあ行こうぜ」

ダイチは首を横に振った。

「無茶だよ。もうじき夜になる。今日はここで休もう」

「馬鹿言え。まだ行ける。だから……」

ヒカルが二人の会話に割ってはいるようにしてこう呟《つぶや》いた。

「あと一日もかかるなんて……もう僕無理だよ」

期待が裏切られた時ほど大きなダメージを受ける。

一瞬ヒカルは意識を失い、膝《ひざ》から落ちると地面に突っ伏した。

その時、ヒカルが背負っていたリュックから水の入ったペットボトルが転げ出た。水が入っているといっても、一口か二口くらいの量である。

軽くなったペットボトルは転がっていく。ヒカルは転がっていくペットボトルにハッと気づくと手を伸ばした。

「僕の、僕の水!」

今のヒカルにとって、水がどれほど大事なものかシロも分かっている。

シロはヒカルの腕からスルリと抜けた。

「シロ!」

ヒカルは手を伸ばしたが遅かった。シロはペットボトルを追いかける。

「待ってシロ!」

ヒカルが呼び止めるがシロはきかない。スタスタとペットボトルを追う。

危険を感じたヒカルは急いで立ち上がりシロを追いかけた。アリサたちはヒカルを止めようとしたが少し遅れて手が届かなかった。

「待てヒカル!」

ゲンキとダイチが呼び止めた。

「行っちゃダメ!」

アリサも叫んだ。しかしヒカルの耳には届いていない。ヒカルはここが地雷地帯ということを忘れてシロを追いかける。

「ヒカル!」

アリサの声は悲鳴に近かった。ヒカルの背中が遠ざかっていく。アリサはヒカルが自分たちの元から去っていく錯覚を起こした。アリサは切迫した表情で何度も叫んだ。

ヒカルがようやくシロに追いつき、シロを抱き上げようとした時だった。昼のような眩《まぶ》しい光がアリサたちの目を刺した瞬間、地雷が爆発しヒカルとシロの姿が一瞬にして消えた。薄暗い空に黒い煙が舞うと同時に、砂と土が雨のように降ってきた。耳にはまだ爆発音が響いている。三人は茫然《ぼうぜん》と立ちつくしていた。

「いや……」

アリサは辛うじて声が出た。

「いやよ……」

信じないというように首を振った。そしてヒカルとシロの元に駆け出した。

「アリサ！」

ゲンキが止めたがアリサには聞こえていない。地雷探知機も持たずヒカルの所へ向かった。

地雷が爆発した周辺は惨《むご》たらしいありさまだった。焦げたような臭いと血の臭いが入り交じり、血に染まったヒカルの指や足といった身体の一部、それと黒こげになった服があちこちに散らばっていた。頭は見当たらないが、髪の毛は確認できた。シロの白い毛も交じっているが、シロの方は跡形もなかった。

この悲惨な光景を見て、これは夢や幻ではない、現実なんだと知ったアリサは身体中が冷たくなった。

「ヒカル！　シロ！」

アリサは悲鳴を上げその場に膝をつき、目の前に散らばっているヒカルの身体をかき集め、抱きしめるように胸に当てた。冷えたヒカルの破片にアリサの生暖かい涙がこぼれる。いくらヒカルの名を呼んでも言葉は返ってこない。

アリサは急に取り乱した。

金切り声でヒカルの名を叫び続ける。ダイチとゲンキが発狂するアリサを止めた。

アリサはがくりと崩れ落ちた。

バラバラになったヒカルの姿を見て、ダイチは声を失った。ゲンキは膝から地面に落ちた。

「マジかよ……」

ゲンキは信じられないというように呟くと、悔しそうに拳《こぶし》を地面に叩《たた》きつけた。

「何でだ。何でだよ！　自分よりシロが大事だっていうのかよ！」

ゲンキは涙を浮かべて訴えた。ダイチがシロの毛を見つめながら言った。

「知ってるだろう。ヒカルにとっては自分よりシロの方が大事だったんだよ」

ゲンキは納得がいかなかった。

「一緒に日本へ行く約束だったじゃねえか。シロを連れてこなければこんなことにはならなかったんだ。だからあれほど言ったのによ」

アリサも今はゲンキと同じ気持ちだった。ヒカルは二口ほどしか水のないペットボトルを追いかけたシロを助けようとして死んだのだ。ヒカルは一体何のためにここまで頑張ってきたのだろうと思った。アリサは、村を出る時シロを連れて行くことに反対していればこんなことにはならなかったのではないかと後悔した。そしてヒカルをシロの元へ行かせてしまった自分を責めた。

だが一番悔しいのは言うまでもなくヒカル自身であろう。街はもうすぐそこだったのだ。シロと一緒にあれほど日本へ行きたがっていたのに。

アリサの脳裏に、シロと一緒に駆け回るヒカルの姿が浮かんだ。

アリサはヒカルの名を叫び泣き崩れた……。

街を目前にしての仲間の死だった。三人となったアリサたちはヒカルとシロが死んだ場所で夜を迎えた。ダイチがオイルランプをつけると、小さな明かりがヒカルの骨や肉片や焦げた服を照らす。その横にはシロの毛が添えられている。

あれからアリサたちはできるかぎりヒカルのバラバラになった身体を集めた。ほとんど形をなしていないがそれでもよかった。人の死に初めて直面したアリサたちは肉や骨を集めれば再生できるのではないかと考えついたのだ。だがヒカルは帰ってきてはくれなかった。

未《いま》だにヒカルの死が信じられなかった。アリサは、集められた身体からヒカルの泣き声を聞いた。今でも隣にシロを抱いたヒカルがいるような気がする。十五年間もずっと一緒に暮らしてきたのだ。

アリサはヒカルの肉や骨をうつろな目で見つめていた。脳裏にヒカルの満面の笑みが浮かぶ。四人の中で一番からだが小さくて、運動が苦手で、だからといって勉強ができるわけでもなく、テストはいつもビリか三位だった。かといって家事や料理が得意な方でもない。新しい遊びを覚えるのもいつも最後だった。臆病《おくびょう》者で泣き虫で、ゲンキに馬鹿にされるたびにふてくされて……。

アリサは涙が溢《あふ》れ出た。でもヒカルは誰よりも純粋で優しく思いやりがあった。アリサが少し浮かない顔をしているだけで心配して相談に乗ってくれた。ちょっと具合が悪いだけで掃除や料理を手伝ってくれた。悩んでいると優しい言葉で勇気づけてくれた。アリサにだけではない。ダイチやゲンキにもいつも気を配っていた。もしかしたら仲間のことを一番よく知っていたのがヒカルだったかもしれない。

そのヒカルに去年新しい親友ができた。運命の出会いといっていい。ヒカルとシロはヒカルは村にシロがきてから本当に楽しそうに毎日を送っていた。

少しずつ信頼関係を結んでいき、何をするにも『二人』は一緒で見ているこっちの方が幸せな気分になるくらいだった。

ヒカルとシロの楽しそうな声が耳に響く。アリサはきつく目を閉じた。

五人で一緒に日本に行きたかったのに……。

ごめんねヒカル、助けてあげられなくて……。

アリサはセイおじさんにも詫《わ》びた。セイおじさんもヒカルとシロの死を感じているかもしれなかった。

アリサは静かに泣いた。ゲンキはアリサを見て悔しそうに拳を握った。

「街までもうすぐじゃねえかよ。何で死んじまうんだよ」

ゲンキはヒカルの肉と骨に言った。しかしその声は虚《むな》しく響くだけだった。

ゲンキの怒りの矛先はダイチに向けられた。

「ダイチ、ヒカルが死んだのはお前のせいだぞ」

鋭い目を向けるが疲れ切っているゲンキの声は弱かった。

アリサはすかさず止めた。

「ゲンキ何を言い出すの」

ダイチは青い顔をゲンキに向けた。

「どういう意味だ」

「ヒカルの心が弱いことくらい知ってるだろう。なのに、まだ一日はかかるなんてふざけたこと言いやがって」

力が出ず途切れ途切れだった。

「でも事実なんだ。仕方がないだろう」

「お前があんなこと言わなければヒカルはもう少し頑張れたんだ。一緒に街に行けたんだよ」

さすがのダイチも冷静ではいられなかった。

「お前こそあの時ヒカルを連れ戻しに行けばよかったじゃないか。地雷が怖かったんだろう。情けないな」

ダイチは言った後、肩を弾ませた。

ゲンキは我慢できずダイチの胸ぐらを摑《つか》んだ。

「何だとコラ」

アリサが耳を塞《ふさ》いで叫んだ。

「もう止めて」

二人の動作が止まった。

「そんな喧嘩《けんか》止めて。ヒカルが悲しむよ」

ゲンキは慌てて手を離しアリサに謝った。

「ごめん、アリサ」

ダイチは何も言わなかった。納得がいかないというようにそっぽを向いた。

アリサはヒカルの肉や骨を見て呟《つぶや》いた。

「私たちもヒカルみたいに死んじゃうのかな。私もう自信ない。歩ける力が残ってない」

ヒカルの死がアリサを急に弱気にさせた。

「何言ってんだよ」

ゲンキが悲しそうな声で言った。

「明日《あした》街に着くんだ。お前まで情けねえこと言うな」

そう、明日こそは街に着く。それが唯一の救いだった。

ゲンキはアリサを真っ直ぐに見つめて言った。

「俺がお前を死なさない。俺がお前を守ってやるから。昔にも言ったろ？」

「昔？」

あれは何歳だったろう。まだ四歳、いや三歳くらいだったかもしれない。初めてヘリコプターを見た時だ。怖がるアリサを見てゲンキが今と同じことを言ったのだった。

アリサはやっと笑みが出た。

「ありがとう」

ゲンキは優しく笑った。

「お前ももう限界だろう。最後の缶詰め食べるか？」

アリサは首を振った。

「いい。ヒカルのいる前では申し訳なくて食べられないよ」

「だったら」

そう言ってゲンキはポケットから自分のチューイングキャンディーを出しそれをアリサに渡した。ゲンキはまだ二個残っていた。

「これ食べろ。俺はいいから」

「大丈夫だよ。私もまだ一個残ってるから」

ゲンキはチューイングキャンディーを押し返した。

「いいからいいから。無理するなって」

「ゲンキこそ」

「俺は大丈夫。お前より強いからな」

アリサは弱々しく微笑んだ。

「ありがとう」

アリサはゲンキからチューイングキャンディーを二個受け取ると一個口に入れた。

アリサは安心するように息を吐いた。こんな一個でも今のアリサには貴重な食糧だった。

「俺だって辛《つら》いけどな、ヒカルにいつまでも悲しい顔見せるなよ」

アリサはゲンキを見た。ゲンキは夜空を見て言った。

「今、ヒカルがそう言った気がしたんだ。いつまでも悲しい顔するなって」

「ヒカルが？」

ゲンキは頷《うなず》いた。

「俺たち、ヒカルの分まで頑張って絶対街に辿《たど》り着こう。諦《あきら》めたらヒカルに怒られちまうぜ」

ゲンキの言う通りだと思った。ヒカルだって仲間の悲しむ姿を見るのは辛いに決まっている。ヒカルは三人が街に着くことを応援してくれている。

一瞬でも弱気になったアリサは反省し、ヒカルに詫《わ》びた。そしてヒカルの元へ行き、リュックの中に骨や肉を少し入れた。シロの毛も丁寧にしまった。

「一緒に連れていってあげないとね」

アリサは言って、今度は土を掘り、その中にヒカルの肉と骨を入れ、隣にシロの毛を入れて土を被《かぶ》せた。

当然のことながら、アリサたちはセイおじさんに埋葬の仕方など教えてもらったことはない。自分で考えついたのだ。

これで二人はまたずっと一緒にいられる。アリサはそう思ったのだ。

とうとう恐れていたことが現実となってしまった。街を目前にしてヒカルが地雷を踏んでしまったのだ。ヒカルは、ごくわずかな水の入ったペットボトルを追いかけたシロを助けようとして死んだのだ。あまりに可哀想で正也はアリサたちと一緒に涙を流した。ヒカルの無念さを思うとたまらない悔しさがこみ上げた。正也は怒りをおさえきれず、かつて村を映していたモニターをイスで思い切り叩《たた》き割った。興奮していた正也はアリサたちが映るモニターにもイスを向けた。しかしすんでのところでとどまった。本当は叩き割ってしまいたかった。映像を遮断すれば、もうこれ以上子供たちの苦しむ姿を観ずに済むのだ。どれだけ気分が楽になるかしれない。だが映像を断ち切るということは子供たちを見捨てるということである。放棄した瞬間、国の人間やセイや秋本と同じになってしまう。正也は奴らのような腐った人間にはなりたくなかった。しかしそれを証明するために映像を見続けるわけではない。正也は子供たちを心底助けてやりたいと思っている。だがそれができないのが現実なのだ……。
正也はモニターに目を向けているがモニターを観てはいなかった。地雷が爆発した映像を無意識のうちに頭の中で何度も繰り返している。ヒカルの身体がバラバラに飛び散った瞬間が頭から離れなかった。あの威力だ。ヒカルは痛みを感じる間もなく死んだに違いない。正也も必死に叫んだがヒカルには届かなかった。

国に殺されたヒカルは国に怒りを抱いているだろうか。自分たちを地雷地帯に放り込んだセイを恨んでいるだろうか。正也は首を振った。ヒカルはそういう子ではない。ヒカルはシロと一緒に三人を応援しているに違いない。天国から頑張れと声をかけているだろう。正也にはその声が聞こえる。

だが三人はもう本当の限界にきている。食糧が底をついてしまっているのだから当然だった。アリサたちはヒカルとシロの墓の傍でぐったりとしてしまっている。このまま餓死してしまうのではないかと気が気ではなかった。こんな状態で果たして明日歩けるのか。

また地雷が爆発する瞬間が脳裏を過《よぎ》ったが、正也は悪い映像をうち消した。子供たちを信じるのである。彼らは自分たちでも言っていたようにヒカルの分まで頑張ってくれるはずだ。

正也は牢獄《ろうごく》の豊田に視線を移した。相変わらず正座したまま手を合わせて祈っているが、正也は彼女に違和感を抱いていた。

娘と十五年間一緒に暮らしてきたヒカルが死んだというのに彼女は悲しむ様子を見

せるどころか感情の変化が全くないようだった。

他人の子供とはいえ長年画面の傍で見てきたのだ。ヒカルにも愛情を抱いているはずだった。なのに豊田はヒカルが死んでも無表情のままただひたすら神に祈り続けるだけだった。正気か、それとも娘の度重なる危険で神経がすり減りいよいよ気がおかしくなったのか、彼女はまるで、自分の娘が助かるなら他の子供たちなどどうなってもいいといったような様子なのだ。

もしそうだとしても正也は豊田を責めたり人格を否定したりすることはできない。彼女をそうさせてしまったのは国だ。こんな緊張状態が続けば気がおかしくなるのは当然である。しかし豊田がどうなろうが国は罪悪感のかけらもない。受刑者を徹底的に苦しめるのがこの刑の目的なのだから。そんな刑罰のために罪のないヒカルの命が犠牲になったのだ。子供が死んでもなお刑を続行させる。なぜこんなことが許され続けてきたのか。中止を訴える者は一人もいないのか。

日本という国は表向きは平和だがとんでもない。こんな恐ろしい国はないと正也は改めて思った。

ヒカルの死から一夜明け、アリサたちは六日目の朝を迎えた。昨日からチューイングキャンディーしか食べていない三人は立ち上がるのもやっとだった。呼吸も病人のように弱々しい。三人は弱り切っているが、ヒカルのためにも絶対に諦めてはならないと気持ちはしっかりしていた。

街はすぐそこである。もう少しの辛抱だとアリサは自分に繰り返し言い聞かせた。

アリサはリュックを背負いヒカルとシロの墓を振り返った。アリサは二人と別れるという気持ちはなかった。このリュックにはヒカルとシロの骨肉と毛が入っている。二人の姿はないが、二人は常に傍にいる。ヒカルとシロが後ろから支えてくれていると思うと勇気が湧いた。

三人は無言のまま歩き出した。今日は朝から風が強い。砂埃《すなぼこり》を浴びながら三人は一歩一歩ゆっくりと進んでいく。風が強く吹くたび身体がぐらつく。倒れないよう必死に自分を支えた。

しばらく歩くと地雷探知機が音を鳴らした。アリサは深い溜息《ためいき》を吐くがゲンキは表情一つ変えずすぐに地雷処理にかかった。ゲンキは集中しているように見えるが気持ちは焦っているはずだ。疲労と空腹はとっくに限界を超えているのだ。街が目前となれば急ぐのは当たり前だった。地雷を取りだしたゲンキはやはり無言のまま歩きを再開する。少しするとまた探知機が反応した。ゲンキはさっさと地雷を処理すると囁《ささや》くような声で言った。

「もうそろそろ街が見えてくるぞ」

ゲンキは断定した言い方だった。

「気づかないか？　地雷の数が少なくなってる」

そう言われてみるとそうだった。探知機が反応する回数が急に減った気がする。どうやらゲンキの勘は正しそうだ。もうじき地雷地帯を抜け街に着く。アリサはやっとかと安堵《あんど》の息を吐いた。三人は昼前には街に着くだろうと予想していた。

気が焦る三人は休憩も取らずに歩き続けた。ゲンキの言った通り実際地雷の数は少なくなっており、地雷除去に取られる時間が減ったのでその分距離を進めることができた。しかし昼を過ぎても街は一向に見えてこない。見えるのは地面に揺らぐ陽炎《かげろう》だった。だが三人はへこたれることなく、ならば夕方には到着するだろうと決め込み再び歩き出した。

灼熱《しゃくねつ》の中、強風に押し返されながらひたすら前に進んだ。

更に五時間が経ち、空が真っ赤に染まりだした。だが未《いま》だに街は見えてこない。空が暗くなり始めても前方の景色は変わらない。街の気配など全くない。どこまでも広大な大地だ！

そんなわけないと三人は足が止まった。ダイチが地面に膝《ひざ》をついた。

「なぜだ。なぜ街が見えてこない」

昨日は、セイおじさんの計算が少しずれただけだとまだ余裕があったダイチだが、今日はショックをあらわにした。いくら計算がずれたとはいえ大きな狂いはない、今日中に必ず着くと信じていたのだ。さすがのダイチも余裕を失った。

「おじさん、これはどういうことですか。街なんて全然見えてこないじゃないですか」

言葉は丁寧だが声は怒りに満ちていた。アリサも明らかにこれはおかしいと思った。六日間も歩いたのだ。地雷を処理しながらとはいえもう百キロ近くまできたのではないか。さすがにもう着いてもいいはずだ。なのになぜ街が見えてこないのだ……。

アリサはハッとなった。もしや方角を間違えたのではないかと思い方位磁石を確認した。だが間違ってはいない。針はしっかり北をさしている。おじさんに言われた通りこうして北に進んできたのだ。

「どうして……」

アリサが地面にへたり込んだその直後だった。ゲンキが突然意識を失って地面に倒れた。

これまで心身ともに一番負担が大きかったゲンキだが、一切そんな様子は見せず、それどころか皆を気遣ってきた。しかし期待を裏切られた瞬間張っていた糸が切れたのだろう。いくら体力に自信のあるゲンキとはいえ倒れるのも無理はなかった。

「ゲンキ！」

アリサは這《は》ってゲンキの元に向かう。頬を叩くと微《かす》かに反応があった。ゲンキは大丈夫と口だけを動かした。それを見てひとまず安心した。

アリサもそうだが、ゲンキの身体も水分を失い干からびている。身体は熱いが汗はかいていなかった。アリサはゲンキのリュックからペットボトルを取りだした。ゲンキの水も残りわずかだが一刻を争う状態だ。迷ってはいられなかった。蓋《ふた》を開けてゲンキに水を飲ませた。

「ありがとう」

水を飲んだゲンキは少し回復したらしく微かだが声が出た。しかしこれでゲンキの水は底をついてしまった。

アリサはこのままでは危険だと自分のリュックから最後の缶詰めを取りだし躊躇《ちゅうちょ》することなく蓋を開けた。そしてゲンキの上半身を起こしてやり、魚の缶詰めを食べさせた。ゲンキは弱々しく咀嚼《そしゃく》しゴクリと飲み込んだ。もう一口食べさせようとするとゲンキは首を横に振った。

「俺はいいから、お前たち食べろよ」

ゲンキは自分のことより二人を気遣った。アリサはゲンキを叱った。

「こんな時に何言ってるの。本当に死んじゃうよ。さあ食べて」

アリサが魚を口に運んでやると、ゲンキは味わって食べた。

「わるいな。最後の缶詰めなのに」

「そんなこと言ってる場合じゃないでしょう」

ゲンキは掠《かす》れた声でもう一度言った。

「わるい……」

アリサは首を横に振った。

「謝るのは私たちの方だよ。ゲンキばかりに負担をかけちゃったもんね。ごめん」

ゲンキは優しく言った。

「気にするなよ」

三口食べるとゲンキは缶詰めをアリサに押し返した。

「本当にもういいから。残りは二人で食べてくれ」

「でも……」

ゲンキは自分で起きあがって言った。

「今度はお前らが倒れちまう」

「本当に大丈夫？」

ゲンキは力無く笑った。

「大丈夫だよ」

アリサはゲンキの笑顔を見て頷《うなず》いた。本当は喉《のど》から手が出るほど食べたかったのだ。アリサとダイチは残りを丁寧に味わって食べた。ただの魚の缶詰めだが、今のアリサには涙が出るほど美味《おい》しかった。こんな二口三口ほどの量では当然満足などできないが、ほんの少し力が戻った気がする。しかしこれで食糧という食糧は完全に底をついた。残りはチューイングキャンディーのみだ。次倒れたら本当に危険である。

アリサは残りの水を飲みたかったがぐっと堪《こら》えた。残りは今みたいに非常用にとっておかなければならない。悪い想像はしたくないが、事実、今自分たちは死と隣り合わせの状態なのだ。

空が暗くなるとダイチがリュックからオイルランプを取りだし明かりをつけた。その動作だけでもダイチは息が切れた。

二人とも顔中砂で汚れ、目が窪《くぼ》み、頬はゲッソリとそげ落ちている。自分も今こんな酷《ひど》く見えているのだろうとアリサは思った。

三人はしばらく無言のまま明かりを見つめていた。考えていることは三人とも同じである。

ダイチがそれを言葉に出した。

「おじさん、五日歩けば街に着くって確かに言ったよな」

「うん」

アリサが返事した。

「おかしいよな。もう明日《あした》で七日目だ。何で街に着かないんだ」

アリサに答えられるわけがなかった。こちらが聞きたいくらいである。

「私にも分からない。おじさんに言われた通りちゃんと北に進んでいるんだけど……」

「おじさんは今まで間違ったことなんて言ったことなかったのに」

ダイチが寂しそうに呟《つぶや》いた。

「きっと、俺たちの歩く速度が遅いから、おじさんの計算と違ったんだな」

ゲンキが途切れ途切れ言った。

「でも地雷があるんだよ。これが限界だよ」

アリサが返した。

ではなぜ街に着かないのか。結局はその疑問に戻り言葉に詰まる。

「明日は絶対に着くさ」

ゲンキが二人を見て言った。しかしアリサは言葉を返せなかった。ゲンキの言うように前向きに考えたいが、まだ街の気配が全くないのだ。

本当に明日街に着くのだろうか。口には出さないが不安を抱いている自分がいた。

七日目の朝を迎えたアリサたちは早速出発する準備をした。憔悴《しょうすい》しきっている三人は一つひとつの動作が重い。一瞬でも気を抜いたら身体が崩れそうだった。

ゲンキはもうほとんど何も入っていないリュックを背負うと自ら先頭に立った。昨日倒れたというのに、今まで通り地雷処理を行うつもりなのだ。アリサはこれ以上負担をかけられないとゲンキを止めた。

「ゲンキ、お願いだから無理しないで」

ゲンキはゆっくりと振り向いて尋ねた。

「じゃあ誰が地雷を処理する？」

アリサはダイチを見た。ダイチは下を向いている。

アリサは迷ったが、覚悟を決めて一歩前に出た。

「私がやる」

ゲンキはフッと笑った。

「お前に任せられるか。俺の方が確実なんだ。お前がミスしたらみんな粉々に吹っ飛ぶんだぜ」

ゲンキは冗談交じりに言ったが事実そうだった。しかしそれでも自分が先頭に立つべきなのではないかとアリサは判断に迷う。

「大丈夫だよ。昨日は少し食べたし、一晩寝たら回復したから」

嘘に決まっている。一晩経ったとはいえあんな少量しか食べていないのだ。体力が戻るわけがない。自分たちを安心させるための言葉だった。

「言ったろ。絶対に守ってやるって」

「でも……」

「地雷は少なくなっている。心配ない」

アリサは首を振った。

「やっぱりだめよ」

ハッキリと言ったが、

「いいんだ、行こう」

とゲンキは有無を言わさず歩き出した。

「待ってゲンキ」

アリサは呼び止めたがゲンキは振り返りもせず行ってしまった。アリサはこれ以上止めても無駄だと判断し、仕方なくゲンキの後を追った。結局この日もゲンキに任せることになってしまった。アリサは申し訳ない気持ちでいっぱいだった。

ありがとう。アリサは心の中でゲンキにお礼を言った。

三人は、今日こそは必ず街に着くと信じて出発した。自分たちにはチューイングキャンディー以外もう全く食糧がない。ゲンキは水も尽きている。何が何でも今日街に着かなければならないのだ。

アリサたちは地雷探知機を杖《つえ》にして身体を引きずるようにして歩く。今にも倒れそうな身体を必死に支えた。

歩くだけでもやっとなのに、地雷は容赦なく三人の行く手を阻む。昨日から段々地雷探知機が反応する数が減ってきてはいるが、一向に地雷地帯から抜けない。地雷探知機が音を鳴らすたびアリサの神経にさわる。耳を塞《ふさ》ぎたい思いだった。しかしゲンキは表情一つ変えず地雷を一個一個確実に処理し道を切り開いていく。ゲンキは苦しいのを堪えて私たちを懸命に守ってくれている。その後ろ姿を見ていると、アリサは涙が出そうだった。

昼を過ぎると更に気温は上昇した。異常な暑さが三人の意識を朦朧《もうろう》とさせる。たまらずアリサは水を一口飲んだ。ゲンキにも分け与えた。ダイチもリュックからペットボトルを取りだした。しかし一口程度では身体の渇きなど癒されるはずもない。しかも飲んだ水はすぐに汗となって出る。だからといってこれ以上飲むことはできなかった。アリサの水もあと三口も残っていないのだ。この量で自分たちがあとどれだけ保《も》つのか。そう長くはないだろう。だから何としてでも今日街に着かなければならない。

三人は犬みたいに舌を出して歩く。水、水と心の中で唱え続けた。

途中何度諦《あきら》めようと思っただろう。だがそのたびにヒカルのことを思い出した。ヒカルは日本に行きたくても行けないのだ。ヒカルのためにも自分たちは必ず日本へ行く。絶対に諦めてはならない。

アリサは自分を産んだ父親と母親の姿も思い浮かべた。顔は分からないが自分なりに想像してみた。きっとセイおじさんのように優しい顔をしているに違いない。早く二人に会いたい。そして三人で幸せに暮らしたい。ただそれだけでいい……。

ボロボロのアリサたちが頑張れたのは、ヒカルやまだ見ぬ親が支えてくれていたからだ。

しかし歩けども歩けども、無情にも街は見えてこない。景色すら変わらないのだ。

やがて空は紅《あか》く染まり、夕陽が遠くまで光を差した時、アリサたちの顔は絶望の色に覆われた。遠い先もまだまだ大地が広がっている。どこに視線をやってもテレビに映っていた建物などない。

「そんな馬鹿な……」

ダイチの手から杖代わりにしていた地雷探知機が落ちた。

三人は瞳《ひとみ》に映る絶望に満ちた景色に茫然《ぼうぜん》となりしばらく立ちつくす。

アリサは脱力し地面に膝《ひざ》をついた。

「おじさん……ねえどうして」

アリサはセイおじさんに問いかける。ダイチは何もない景色を睨《にら》み付け、

「街なんてどこにもないじゃないか」

とセイおじさんを責めるように言った。

アリサは立ち上がる気力が湧かなかった。

一体いつになったら街に着くの！　と頭の中で叫んだ。

ふとアリサの目の端に、足をふらつかせるゲンキの姿が映った。意識が朦朧として
いるのか、ゲンキは口をパクパクと動かしている。微《かす》かに声が聞こえるが、何を言っ
ているかまでは分からなかった。

「ゲンキ」

アリサが身体を支えようとしたその時だった。またしてもゲンキが意識を失い倒れ
た。

「ゲンキ！」

アリサが上半身を抱え声をかけるとゲンキは悲しそうに言った。

「ごめんなアリサ」

「え？」

ゲンキは寂しそうに笑った。

「俺、ヒカルのこと言えねえな。もうダメみたいだ」

「何言ってるのよ」

アリサは急いでリュックから水を取りだし蓋《ふた》を開けた。しかしゲンキは水を拒んだ。

「ありがとうアリサ。でもいい。もういいんだ」

アリサは怒鳴った。

「何がいいのよ！」

「もう俺は無理だよ。一歩も歩けねえ。限界だ」

アリサは水を飲ませようとするがゲンキは顔を背けた。

「ゲンキ！」

ゲンキは囁《ささや》くようにして言った。

「俺のことはいいから。二人で行ってくれ」

アリサはゲンキの肩を揺らした。

「どうしちゃったのよゲンキ。なんで諦めるのよ。もう少しで街に着くのよ」

ゲンキは目を瞑《つぶ》ったまま言った。

「ごめんな。約束守れなくて」

アリサはもう一度水を飲ませようとするが、やはりゲンキは口を開こうとしない。

「お願いだからゲンキ、水飲んで。本当に死んじゃうよ！」

ゲンキは微かに首を振った。アリサはこの時サーッと身体中が冷たくなった。ゲンキは一時の感情で言っているのではない。本気で死を覚悟している。アリサは怖くなり身体が震えた。

「ゲンキ目開けてよ」

するとゲンキはうっすらと瞼《まぶた》を開けた。

「お願い水飲んで」

いくら頼んでもゲンキは拒否した。アリサはポケットからチューイングキャンディーを取りだした。

「じゃあこれ食べて。少しは元気になるから」

ゲンキは薄く笑った。

「馬鹿だな。お前にあげたやつじゃないか。俺が食べてどうする」

「大丈夫。ゲンキから貰《もら》ったのはポッケの中に大事にしまってあるよ。これは私のだから、ねえ食べて」

「いいよ。本当にもういいんだ」

「ゲンキ！」

「それよりアリサ」

アリサはゲンキの口に耳を当てた。

「俺、お前にまだ言ってないことがあったんだ」

「何を？」

ゲンキは穏やかな表情で言った。

「ちょっと前からかな。お前と話す時、心臓がドキドキするんだ。お前といると楽しくて嬉《うれ》しい気分になるんだ。こんなこと初めてなんだ。なんでだろうな」

ゲンキとアリサはその意味が分からない。セイおじさんに教えてもらっていないことだった。

アリサは少し照れながら言った。

「何それ。変なの」

ゲンキはフフと笑った。

「そうだな。変だよな」

ゲンキは言ってまた目を閉じた。その動作があまりに静かすぎて、アリサはこのまずっと目を開けてくれないのではないかと怖くなった。アリサはすぐにゲンキに声をかけた。

「ゲンキ、ねえ起きて」

ゲンキは目を閉じたまま小さく頷《うなず》いた。アリサはチューイングキャンディーを無理矢理ゲンキの口の中に押し込んだ。ゲンキはキャンディーを口の中で転がし、

「うまいな」

　と言った。そして言葉を続けた。

「俺も日本へ行きたかったな」

　アリサは優しく言い聞かせた。

「行けるよ。絶対」

　ゲンキは答えず、

「アリサ」

　と小声で呼んだ。

「うん？」

「俺たち、何をするにも一緒だったよな」

「うん。これからも一緒だよ」

「なんか、村の生活が懐かしいな」

　ゲンキは過去を思い出しているようだった。

「なあアリサ」

「何？」

「日本に負けないくらい、村の生活も楽しかったよな」

「うん、そうだね」

ゲンキは嬉しそうな顔を見せたが、急に悲しそうな表情に一転した。

「ごめんな。もうお前を守ってやれない」

アリサは首を横に振った。

「今度は私が守ってあげるから」

ゲンキは遮るようにして言った。

「アリサ」

「うん？」

「今までありがとうな」

アリサは涙声になった。

「ねえそれどういう意味」

ゲンキは答えない。静かに息を繰り返している。

「ゲンキ、もう少し頑張ろうよ。お願い諦《あきら》めないで。もう少しで街に着くのよ。一緒に日本へ行こう。ゲンキまでいなくなったら、私やだよ」

ゲンキはうっすらと瞼を開けた。その瞬間ゲンキは驚いたように大きく目を見開いた。そして言った。

「何言ってんだアリサ。街はもう見えているじゃないか」

アリサはゲンキの視線の先を見た。

「え？」

「えじゃないよ。ほら街だ」

この時アリサはゲンキの様子がおかしいのに気づいた。冗談で言っている風ではないのだ。目が本気なのである。

「街だ。おい見ろ街だぞ」

ゲンキは段々興奮した口調になる。アリサは困惑した。

「何言っているのゲンキ。街はまだ」

ゲンキはアリサを遮った。

「やっと、やっと街に着いたんだ」

ゲンキは目を輝かせて言うと自力で立ち上がった。先程まで虫の息だったのが嘘のようだ。

「これで、これで日本へ行けるぞ」

高ぶるゲンキは声が震えた。アリサは一人興奮するゲンキに言い聞かせた。

「どうしちゃったのよゲンキ。よく見て。何もないじゃない」

しかしゲンキには通じなかった。

「やったなアリサ、ダイチ。さあ行こうぜ」

ゲンキは生き生きとした顔で走り出した。アリサは慌ててゲンキを止めた。

「待ってゲンキ行っちゃだめ！」

アリサは手を摑《つか》んだが、ゲンキは振りほどいた。アリサは地面に尻《しり》をつく。もう力なんて残っていないはずなのにもの凄《すご》い力だった。

「ゲンキ止まって！」

しかしアリサの声は届かない。前方には何もないのに、ゲンキはよろよろと走っていく。

「ダイチ止めて！」

だがダイチの手の届く距離ではなかった。アリサは叫んだ。

「ゲンキ！ 止まって！ 地雷があるのよ！」

地雷という言葉にもゲンキは反応しなかった。ゲンキは走ったまま笑顔で振り返り、

「二人とも早くこいよ」

と大きく手招きした。そして次の一歩を踏んだその瞬間、地雷が爆発しゲンキの姿が一瞬にして消えた。

心臓にまで響く爆発音。空に黒煙がのぼる。焦げた臭いが辺りに広がった。

「いや……」

足下が震えた。

「ゲンキ！」

アリサの悲鳴がサバンナの大地に響いた。ゲンキの元に走る。

大量の血が地面に飛び散っている。茶色い土に吸収された血はどす黒く見えた。

ゲンキの骨や肉は、爆発で飛んだ砂土や地雷の破片と交じって散らばっていた。ヒカルの時と全く同じ光景だった。

アリサは地面を這《は》ってゲンキの骨、肉を集める。しかしほとんどが粉々だった。原形をとどめているのは右手と左耳だけだった。

アリサはゲンキの手と耳を強く胸に当てた。熱いが徐々に冷たくなっていく。

「どうしてゲンキまで死んじゃうのよ！」

アリサは泣き叫び、力つきるように前に倒れた。

あの時ゲンキは街に着いた夢を見ていたのだ。それが夢だと気づかず自ら地雷に……

……。

アリサの目に、ゲンキが最期に見せた無邪気な笑みが浮かぶ。アリサは半狂乱となった。


アリサの悲鳴と泣き声がヘッドホンに響いた。正也は怒りと悲しみに震えながらモニターを見ていた。

次々と子供たちが地雷によって死んでいく。その瞬間を見ている正也は頭がおかしくなりそうだった。

爆発した周辺はまさに地獄絵図だった。ヒカルの時と同様ゲンキの身体もほとんど跡形がなかった。正也は見ているのが苦しくて目をきつく閉じた。

ゲンキは過労と飢えで死の寸前だったのだ。だから最後に街の幻を見た。少年は幻を見ながら死んでいった……。

ゲンキが死ぬ間際に見せた無邪気な表情が正也の胸を締めつける。生き生きとした声が耳に響いた。ゲンキは、特にアリサと一緒に日本へ行けるのが嬉《うれ》しかったのだ。心から幸せだったに違いない。

しかしゲンキはそれが恋ということがわかっていないようだった。アリサもゲンキの告白を重要にとらえていなかった。恋という感情を教えてもらっていない彼らはそれに気づかぬまま永遠の別れを遂げた。こんな悲しいことはなかった。せめてアリサに気づいてほしいが、恋という感情を知らぬ彼女が気づくはずがない。

国が奪ったのは命だけじゃない。彼らの将来はもちろん、様々な大切な想い、感情、全てを奪ったのだ。犯罪者の子供というだけでなぜ彼らがこんな酷《ひど》い目に遭わなければならないのか。彼らはロボットじゃない。心がある人間なんだ。

その時モニタールームの扉が開いた。振り返るとそこには看守長の秋本が立っていた。正也は秋本を睨《にら》むような目で見た。

「どうしました徳井くん？　そんな怖い顔して」

子供がまた命を失ったというのに秋本は涼しい顔だった。

「今度は、ゲンキが犠牲になりました」

正也は責めるような口調で伝えた。

「そうですか」

正也は素早く顔を上げた。

「そうですか？　子供が死んだというのにそれだけですか」

秋本は答えず正也を観察するような目で見た。ねっとりとした気味の悪い目だった。

「二人の子供が犠牲になったんです。これ以上犠牲者を出さないためにも早く救出するべきです。彼らは今本当に危険な状態なんですよ」

秋本はそれにも返事せず、正也が叩《たた》き割ったモニターを見て困った声で言った。

「困りますねえ徳井くん。いくら我慢できないとはいえ機材を壊してもらっちゃ」

「看守長！」

秋本はうるさそうな顔をした。

「なんです。落ち着いたらどうですか？」

「落ち着いていられますか」

「まあまあそう興奮せず」

正也は呼吸を静めて聞いた。

「看守長、彼らはもう七日も歩き続けています。しかし未《いま》だに街に着きません。本当に街はあるのですか」

正也は昨日の晩からこの疑問を抱き始めた。

「セイがあると言ったならばあるでしょう」

「真面目に答えてください！」

「私は真面目ですよ」

「看守長、彼らは……」

秋本は正也を遮った。

「もう君のお説教は聞き飽きましたよ」

正也は口を閉じた。秋本は口の端を浮かせてこう言った。

「さっき徳井くんは彼らを救出するべきだと言いましたが、そんなに助けたいなら徳井くん、君が助けに行ったらどうですか？　なんなら豊田も連れていっていいですよ。牢獄《ろうごく》の鍵《かぎ》は君がもっているんですからね」

突然何を言い出すのだと正也は唖然《あぜん》となった。

「君には特別に、今彼らがいる国を教えてあげましょう」

秋本は微笑を浮かべ、

「クダウという国です」

と言った。

「クダウ?」

正也は聞いたこともなかった。

「赤道近くに位置する国です。徳井くんが本気なら今すぐ準備しますがどうします?そのかわり君はクビですがね」

秋本は正也に考える間も与えなかった。

「やめなさい。そんなちっぽけな正義感で自分を犠牲にするのは」

「ちっぽけな正義感?」

「ええそうです。約五年前、YSC横浜支部に君と歳の近い監視員がいましてね」

急に青少年自殺抑制プロジェクトの話に飛んだので正也は戸惑った。

「そこには彼らと同じ十五歳の少年少女がいました」

正也は泣き崩れるアリサに視線を移した。秋本が何を言いたいのかこの段階では想像もつかなかった。

「その監視員は実は昔プロジェクトの被験者でね、ある事情があって監視員となったのですが」

　正也は黙って聞いていた。

「彼は十五年間も狭い部屋に閉じこめられている子供たちが可哀想だからと、一緒に施設を脱走したのですよ」

　秋本は付け足した。

「そう、ちっぽけな正義感でね」

　そういえば五年前、そんなニュースを観た気がした。事件の結末は知らない。

「それで彼らはどうなったのです？」

　秋本はあっけらかんと答えた。

「死にましたよ。全員ね。結局その彼は子供たちを救うことはできなかったのですよ」

　正也は言葉を失った。秋本は正也の反応を見てフフと笑った。

「利口な徳井くんならわかりますね？　所詮《しょせん》彼らは他人でしょう。ちっぽけな正義感を燃やして自分を犠牲にすることはないんです。刑はあと三日で終わるんです。君は大人しくモニターを観ていればいいんですよ」

　秋本は言い終えると満足そうな笑みを見せた。正也は激しく憤るが何も言えなかった。

拳《こぶし》を握り怒りを堪《こら》える。

「殴りたいならどうぞ」

正也は秋本を睨み付けるが殴ることはできなかった。正也は自分の感情を殺してモニタールームを飛び出した。

高尾刑務所を出た正也は気づけば一美の病室にいた。心電図は落ち着いた波を表している。

正也は静かに眠る一美を見つめながら首を振った。

俺は子供たちを助けるどころか、秋本を殴ることすらできなかった。

自分の情けなさに腹が立つが、俺には守らなければならない妹がいる。一美を悲しませることはできない。

子供たちは助けてやりたい。その気持ちは嘘ではない。しかし実際行動に移せば看守はクビになり一美の面倒を見られなくなる。金がなければ一美は病院から追い出される。自分だって生活ができなくなる。

悔しいが秋本の言う通りだった。他人の子供を助けて一美を犠牲にすることはできない。正也は誰よりも妹が大事なのだ。秋本が言った監視員のような大それたことはできなかった。秋本は自分にそんな勇気などないと知っているから挑発したのだ。

俺はまるで操り人形だなと思った。結局は秋本に従っている。しかし普通の人間ならそれは当たり前だろう。誰だって自分が大切だし、大事な人を犠牲にはできない。

俺はそんな監視員のように強い人間ではない……。

正也は苦しむ子供たちの姿を思い浮かべ涙をこぼした。彼は心の中で子供たちに謝った。一美の面倒を見るためにはモニタールームで君たちを見続けることしかできないのだ。

どうか残り三日間、残っている二人が無事でいてくれることを祈るしかない。

正也は一美に、また来ると言って振り返った。扉に手をかけた時、正也はある疑問が解けた気がした。

観察員を任された当初、平和な村で暮らす子供たちをモニターで観察するだけで百万も貰《もら》っていいのかと疑問に思っていたが、給料が高い理由が今分かった。

子供たちが苦しんだり、地雷の犠牲になったりする映像を見るのが観察員の本当の仕事だったのだ。しかし何のために悲惨な映像を見せつけるのか、正也は想像もつかなかった。

真夜中にアリサは二つのチューイングキャンディーを見つめていた。今手にあるのはゲンキがくれたものと、自分の最後の一つである。ゲンキだってお腹が空いているのに心配して私にくれたのだ。もしかしたらゲンキは自分の死を予感していたのかもしれない。

アリサは泣きながら土を掘った。そしてヒカルの時と同じようにゲンキの骨と肉を穴に埋めてやった。右手と左耳はリュックの中に丁寧に入れた。

埋葬を終えたアリサは放心したように遠い目つきになった。ゲンキの様々な表情やゲンキと過ごした十五年間が走馬灯のように浮かぶ。そして最期に見せた明るい笑顔で記憶は途切れた。

一人、また一人と仲間が死んでいく。こんなことになるくらいなら村から出なければよかった。外の世界なんて教えてほしくなかった。何も知らなければ幸せで平和な暮らしを続けられたのだ。二人が死ぬことはなかった……。

アリサはゲンキばかりに負担をかけたことを悔やんだ。やはりあの時、自分が地雷処理を行えばよかったのだ。そうしていればゲンキは死ぬことはなかったかもしれない。でもゲンキは私たちを恨むどころか後悔する自分を励ましてくれているに違いない。

気にするなよ、と言うゲンキの顔が浮かぶのだ。

普段は乱暴で口が悪いが、本当は心が優しくて正義感が強く、自分よりもまず仲間のことを考え、皆が落ち込んでいる時は明るく励まし、皆が苦しい時は全力で助けてくれる。この旅で改めてゲンキの優しさと勇敢さを知った。ゲンキがいなければ私たちはここまでこられなかっただろう。

俺が守ってやるから。

ゲンキが自分に言ってくれた言葉が胸にじんと響く。あれほど助けてもらったのに、自分は何もしてやれなかった。アリサは悔しくてまた涙を流した。

でもすぐに泣くなと自分に強く言った。いつまでも泣いていたらゲンキに叱られる。本当はもう歩く力なんて残っていない。立ち上がるのも辛《つら》いのだ。諦《あきら》めたらどれだけ楽だろう。でも諦めたらゲンキとヒカルが悲しむ。ゲンキは私たちを日本に連れていきたくて先頭で頑張ってくれた。ヒカルだって応援してくれている。その想いを無駄にしてはならない。

二人のためにも必ず日本へ行くから。

二人に約束したアリサはその場に横倒しとなった。急に眠気が襲ってきたのだ。アリサの視線の先にはこちらに背を向けたままのダイチの姿が映っている。アリサはゆっくりと瞼《まぶた》が落ちた。

眠る直前、アリサはふとゲンキの言葉を思い出した。私と話す時、なぜか胸がドキドキすると言っていたがどうしてだろう……。

特別な意味のような気がするが、アリサはその意味が分からない。ゲンキの気持ちを知ることなく深い眠りに落ちた。

地雷地帯を抜けるとようやく前方に街が見えてきた。アリサとダイチは重いリュックを投げ捨て、大喜びで街に走る。後ろにはゲンキとヒカルの姿もあった。二人も満面の笑みだ。

街に着いた四人は最初に鱈腹《たらふく》ご飯を食べた。カレーライスにハンバーグにフライドチキンと食べ放題だった。

お腹を満たした四人は空港へ行き、セイおじさんに貰ったチケットで飛行機に乗る。初めての飛行機に四人は興奮する。

やがて飛行機が飛び立ち、窓に日本の景色が映ると四人は跳んで喜んだ。

もうじき私を産んだ父親と母親に会える。アリサは期待と同時に安心したのだった……。

「アリサ。おいアリサ」

アリサはダイチの声で目覚めた。朝の光が目に眩《まぶ》しい。アリサはハッと辺りを見た。瞳《ひとみ》に映るのは日本でも街でもなく広大なサバンナだった。四人で日本へ行ったのは夢だったと知ったアリサは大きく落胆した。

「早く荷物もて」

ダイチはアリサを見下ろし乾いた声で言った。アリサはすぐにダイチの様子がおかしいことに気づいた。表情は冷たく言葉もきつい。

「ダイチ？」

アリサはダイチの顔を覗《のぞ》くようにして見た。ダイチは振り返った。

「さっさと行くぞ」

ダイチはそう言って歩き出した。ここにはゲンキが眠っているが何の未練もないような冷たい態度だった。

「待ってダイチ」

呼び止めてもダイチは止まらない。地雷探知機を杖《つえ》にして、地面に向けながらよろよろと歩いていく。

「ダイチ！」

聞こえているはずなのに振り返りもしなかった。アリサはゲンキの墓を振り返った。

「どうしたんだろう」

アリサは悪い胸騒ぎがして、二人の骨や肉が入ったリュックを背負いダイチの背中を追った。

距離はそれほど離れていなかったがアリサも杖を頼りにしなければ歩けない状態だ。やっとの思いでダイチに辿《たど》り着いた時だった。ダイチの地雷探知機が反応した。

アリサはビクッと立ち止まった。ゲンキはもういない。二人で処理しなければならないがどちらも本番は初めてだ。アリサは動けずその場に立ちつくすだけだった。するとダイチがポケットから金属の棒を取りだし、恐れるどころか何の躊躇《ためら》いもなく地雷処理を始めた。アリサはその大胆さにハラハラした。

「ダイチ大丈夫？」

声をかけるとダイチは背を向けたまま言った。

「俺はゲンキみたいにヘマはしねえよ」

アリサはその言葉に心臓が震えた。声も言葉も普段のダイチのものではないのだ。

「今、何て言ったの？」

ダイチは舌打ちした。

「うるせえ、黙って見てろ」

アリサはダイチの言葉を黙って流すわけにはいかなかった。

「ダイチ！」

ダイチは手を止めてゆっくりと振り返った。

「なんだよ」

この時アリサはダイチの目を見てゾッとした。何かに取り憑《つ》かれたような魂の抜けきった目だった。しかし目の奥が鋭く光っている。

「今の言葉どういうこと？」

ダイチは面倒臭そうに言った。

「だから俺はゲンキみたくヘマはしねえって言ったんだよ」

アリサは怒りよりもショックの方が強かった。

「どうしてそういうこと言うの？　私たち誰のおかげでここまでこられたと思ってるのよ。ゲンキのおかげでしょ？　ゲンキは私たちを必死に守ろうとしてくれていたんだよ？　それなのに……」

ダイチはまた舌打ちした。

「うるせえ。気が散る。死にてえのか」

ダイチは言って向き直った。アリサは涙声で訴えた。

「どうしたのよダイチ。変だよ」

ダイチは無視して地雷処理にとりかかる。セイおじさんに言われた通りの順序で地雷を探り当てると周りの土を掘る。その手は小刻みに震えていた。

地雷を取りだしたダイチはへへへと不気味に笑った。

「なんだ、全然余裕じゃねえか。ゲンキ一人に任せなくても平気だったな」

ダイチはアリサを振り返った。

「なあ？」

アリサはダイチを睨《にら》み付けた。

「さっきの言葉訂正して。ゲンキに謝ってよ！」

アリサの怒りに満ちた表情を見たダイチは鼻を鳴らした。

「まだ言ってるのか。行くぞ。ついてこい」

ダイチは命令すると一人で歩いていく。アリサは言葉を失った。しばらくその場から動けなかった。

これはダイチではない。急にダイチが変わってしまった。

そういえば昨日の夜から様子が変だった。

何を話しかけてもダイチは背中を向けたままだったのだ。ゲンキの死を悲しんでいるのだと思っていたが、そうではなかったというのか……。

考えてみればダイチはゲンキが死んだというのに涙一つ見せなかった。

恐らく疲労と空腹からの苛立《いらだ》ち、街に着かない不安、そして友の死で少しおかしくなっているのだと思う。そうに決まっている。ダイチはこんな人間ではないのだ。

そうは分かっていてもアリサは今のダイチが怖くて近寄れなかった。

あんなダイチ見たくない。

アリサは追いかけることはせず、ダイチと距離を置いて歩いた……。

ダイチはアリサに構わず先を行く。後ろを確認することすらしなかった。地雷探知機が反応したり、ダイチが疲れて足を止めたりした時は距離を縮めることはできたが、アリサは追いつこうとはせず離れた所で足を止めた。それに気づいているはずなのだが、ダイチは無視して自分の判断で歩くのを再開する。ダイチの背中がまた遠ざかっていく。今のダイチを見ていると胸が苦しくなる。

いつものダイチだったら仲間を気遣い、冷静に前へと引っぱっていってくれる。しかし今のダイチはダイチではない。疲労と苛立ちと不安がダイチを変えてしまった。アリサは元のダイチに戻ってくれることを祈るしかなかった。

午後一時を過ぎるとダイチは地面に腰を下ろし、ポケットからチューイングキャンディーを取りだし口に入れた。アリサも離れた所で腰を下ろし、自分の最後の一個を食べた。

これでキャンディーもとうとうゲンキに貰《もら》った、残り一個となってしまった。この一個でどれだけ身体が保《も》つだろう……。

しかしまだ街に着きそうにないのだ。

アリサは味わって食べるがキャンディーはすぐに溶けて消えた。アリサは溜息《ためいき》を吐き、それからは目を閉じて静かに呼吸するだけだった。無駄な動きは極力避けた。

食糧が欲しい。水が飲みたい。しかし想像すればするほど苦しくなる。

「おい」

ダイチの声が聞こえアリサは目を開けた。視線を向けるとダイチが手招きしている。

アリサは立ち上がりダイチの元に行った。

「どうしたの？」

立っていられずアリサは崩れるように腰を落とした。

「アリサお前、あといくつキャンディー残ってる」

その聞き方も乱暴だった。アリサは手に持っているキャンディーを見せた。

「何だ、あと一つか」

アリサはぐったりと頷《うなず》いた。

「馬鹿だな。ゲンキに食べさせなきゃ一つ多く食べられたのに」

アリサの動作がピクリと止まった。そしてゆっくりとダイチに顔を向けた。今の言葉はどうしても許せなかった。力が残っていたらひっぱたいているところだ。

「それ本気で言ってるの？　本気で言っているのだとしたら最低だよ」

ダイチは目をそらさず言った。

「何だよその目は」

「別に」

「これはもともとゲンキの物なの。ゲンキがくれたから、私はこうしてキャンディーを食べられてる」

「ああ、そうだったな」

ダイチは抑揚のない声で返した。

アリサはダイチの目を覚まさせるように肩を揺らして言った。

「ねえダイチどうしちゃったの？　お願いだからいつものダイチに戻って。そんなダイチ見たくないよ」

ダイチは鬱陶《うっとう》しそうに手を払った。

「もういいじゃねえか、いねえ奴のことは」

アリサは信じられないというような目でダイチを見た。

「私たち……仲間じゃなかったの？」

ダイチはそれには答えなかった。

「それよりもうじき街に着く。心配するな、俺が街に連れていってやるよ」

「ダイチ」

「日本へ行きたいんだろ？　だったら黙ってついてこい」

ダイチは地雷探知機を支えにして立ち上がり、

「行くぞ」

と命令して行ってしまった。アリサはあまりのショックで立ち上がれなかった。あれはいつものダイチではないと分かっていても、アリサは不信感が募る。長い時間極限状態に置かれればおかしくなるのも無理はない。あれはダイチではないんだ。

アリサは何度も自分にそう言い聞かせ、ダイチに対する怒りや不信感を消す。しかし恐怖心は消えなかった。やっと立ち上がったアリサはダイチが辿《たど》った道を遅れて歩いた。

もはやダイチには、協力し合う気持ちはなかった。一人で歩き、一人で地雷処理を行い、そして一人で休憩を取る。アリサの事など頭になく、街に着きたい一心で、その動作は一つひとつが急いでいた。またアリサも歩み寄ることはせず常に距離をとって歩いた。二人の溝は広がっていくばかりだった。それでもアリサは街に着けば元のダイチに戻ってくれると信じていた。

それから二人はどれだけの距離を歩いただろうか。

地雷は確実に少なくなっている。いつしか処理をしなくても回り込めば避けられる方が多くなっていた。もうじき地雷地帯を抜ける気配がある。しかし肝心の街がどうしても見えてこない。八日目の今日も一向に景色は変わらない。どんなに歩いても結果は同じだった。自分たちは同じ道を歩いているのではないかと錯覚するくらいだった。

五日、いや六日が過ぎた時点ですでにおかしかったのだ。村から計算したら気が遠くなるほどの距離を歩いて来ている。だがこれだけ来ても街が見えてこないとなると、さすがのアリサもある疑念を抱かざるをえなかった。

この日のタイムリミットも迫っている。夕陽が沈みだしたのだ。

絶望したように、ダイチが突然歩くのを止めた。その後ろ姿は小刻みに震えている。アリサは、怒りで震えているのだとすぐに分かった。

ダイチは全体重をかけて地雷探知機を地面に押しつけ崩れ落ちた。そしてアリサを振り返り、怒りに満ちた声で言った。

「おい、本当は街なんてどこにもないんじゃないのか？」

アリサは驚きはしなかった。アリサも今同じことを考えていたのだ。ダイチは憎むような目つきになった。

「そうか、そうだったのか。おかしいと思ったぜ。食糧はすくねえ。五日以上経っても街は見えてこねえ」

ダイチは息を荒らげながら言った。

「あの野郎、俺たちに嘘をついていたんだな」

あの野郎とはセイおじさんのことだった。

この時アリサに激しい動揺が走った。本当は街がないのではないかと不安を抱いているが、セイおじさんを疑う気持ちはない。しかし街がないのでは、と疑念を抱いているということはそこに繋《つな》がるのだ。

セイおじさんが私たちに嘘を……？

アリサは信じなかった。しかしダイチは完全にセイおじさんに対し敵意を抱くようになっていた。

「騙《だま》したのかあの野郎」

アリサは違うと首を振った。アリサはセイおじさんを守った。

「そんなことない。セイおじさんが私たちを騙すわけなんてないでしょ？」

ダイチは手を振り払った。一度疑いだしたらもう止まらなかった。

「うるせえ。もう八日も歩いてるのに街の気配すらねえ。そうとしか考えられねえじゃねえか」

「セイおじさんが私たちに嘘をつく理由なんてないじゃない」

「知るかそんなこと。あの野郎、親のことや日本のことだって嘘をついてたんだぜ。それでもまだ信じるって言うのか」

アリサは言葉に詰まった。ダイチの言う通りそれは確かなのである。

アリサは必死に理由を探した。

そう、そうだ。親や日本のことについてはセイおじさんにも深い事情があったのだ。日本の人に嘘をつき続けるよう命令されたと言っていたではないか。

アリサはそれをダイチに伝えたがダイチは納得しなかった。

「じゃあ何でいつまで経っても街が見えてこない」

「それは……」

アリサは答えられなかった。

「やっぱり街のことも嘘だったんだ」

アリサは首を振った。

「そんなことない」

根拠はないが言いきった。

「なぜ嘘じゃないって言える」

アリサは狼狽《ろうばい》する。

「だって、だって……」

アリサは思いつき、リュックの中から飛行機のチケットを取りだした。

「ほら、チケットだってあるのよ」

ダイチは表情一つ変えずに言った。

「それも嘘だったらどうする」

アリサは心臓を突き抜かれたような想いだった。

「これも……嘘？」

「ただの紙切れってことだ」

アリサは顔を強張《こわば》らせながら言った。

「そんなわけ、ないよ」

ダイチは鼻を鳴らした。

「どうだか」

アリサはダイチに取りすがった。

「ねえもうよそうよダイチ」

アリサはこれ以上セイおじさんが悪者にされるのが心苦しくて耐えられなかった。

「セイおじさんを信じようよ」

「俺はもう信用しないね」

アリサはセイおじさんの疑いを晴らすために必死に訴えた。

「とにかく明日《あした》よ。明日必ず街に着くわよ」

しかしセイおじさんを信じる気持ちとは裏腹に、アリサは言いようのない不安にかられている自分を知った。それは心が揺れている証拠だった。

アリサは心の中で、嘘じゃないよね？　とセイおじさんに問いかけた。


夕陽が沈むとダイチがオイルランプをつけた。火が光を放つが燃料がもうほとんどないため光が弱い。軽く息を吹きかけただけで消えそうな程だ。まるで今の二人を表しているようだった。

アリサは横になりながら揺らめく光をぼんやりと見つめていた。その弱い光の中にセイおじさんの笑顔が浮かぶ。一方ではダイチの言葉を思い返している自分がいた。

アリサは心の中で違うと言った。

セイおじさんが私たちを騙しているはずがない。セイおじさんの言っていることは全て正しい。現に今まではそうだったではないか。第一おじさんが嘘をつく理由がないのだ。おじさんは私たちが街に着くのを祈ってくれているはずだ。ダイチが何を言おうと私はセイおじさんを信じたい。十五年間育ててくれた『育ての親』を疑うなんてしたくなかった。

しかしなぜ未《いま》だに街が見えてこないのか。

どうしておじさん？

アリサは問いかけるが当然声など聞こえてこない。また不安になるが、アリサはその不安をかき消した。おじさんが嘘をつくはずがない。明日こそはきっと街に着くと自分に言い聞かせ納得した。

「まだあいつのこと信じているのか」

地面に寝そべって空を見ていたダイチが突然言った。

「当たり前でしょ。私たちを育ててくれた人だよ」

アリサは声を絞り出した。ダイチは嘲笑《ちょうしょう》した。

「幸せな奴だな。俺たちはずっと騙されてたのさ。あいつは本当は俺たちの」

アリサは最後まで言わせなかった。

「そんなことない」

ダイチはふっと笑った。

「この先いくら歩いても街はない。俺たちはここで飢え死にするのさ。戻ろうとしたって無駄だ。こんな状態で村まで歩けるわけがねえ。どっちにしたって飢え死にだ」

ダイチは愉快そうに言った。もう自棄《やけ》に近かった。

「それともいっそ地雷を踏んじまうか？　その方が楽に死ねる」

　ダイチは言って唇の端を浮かせた。

「私は死なない」

　アリサはぼそりと言った。

「私は街があるのを信じる」

　ダイチは呆《あき》れた顔を見せた。

「まだ言ってやがる」

　アリサは絶望するダイチを説得した。

「ダイチ、一緒に日本へ行こう」

　しかしダイチは答えなかった。魂の抜けきった瞳《ひとみ》で空を見つめている。アリサはそれ以上何も言わなかった。

　二人は静寂に包まれた。横になっているアリサはずっとお腹に手を当てている。もう何日間食べていないだろう。手で触っただけでも骨が浮き出ているのが分かる。顔や腕や足も肉がそげ落ち、骨に皮だけがくっついているようだった。何日間も食べずに灼熱《しゃくねつ》の中を歩いているのだ。こんな身体になるのも無理はない。

　アリサは弱々しい呼吸を繰り返す。身体中がジンジンと痛むがそんなのはどうでもよかった。胃がきりきりと締めつけられて苦しいのだ。

お腹空いた……。

アリサは口だけを動かした。このままでは本当に餓死しそうであった。

助けてセイおじさん。アリサは囁《ささや》くような声で言った。

アリサは突然目を開いた。今、どこからかカサカサという音が聞こえてきた。アリサはゆっくりと上半身を起こした。やはりカサカサと音がする。

まただ。アリサはダイチに目をやった。今、ダイチのそばで何かが動いた。

その正体に気づいたアリサは小さな悲鳴を上げた。二十五センチほどの細くて茶色い物体が舌を出しながら地面をにょろにょろと這《は》っているのだ。アリサはその動きに鳥肌が立った。

蛇だった。しかしアリサは蛇を知らない。見たこともない生き物に混乱した。

「おい、なんだ」

ダイチは言って起きあがった。

「そ、それ」

アリサは蛇を指差した。ダイチは自分の足下にいる茶色い物体に気づき声を上げて驚いた。

その時だった。蛇がダイチの脹《ふく》ら脛《はぎ》に噛《か》みついた。

「ダイチ！」

アリサは掠《かす》れた声を上げた。嚙まれたダイチは歯を食いしばる。脹ら脛から血がダラダラと流れた。

「この野郎」

ダイチは傍にあった地雷探知機で蛇を三度叩《たた》きつけた。すると蛇は弱まり、トドメの一発を頭に喰《く》らわせると血を吐いて動かなくなった。

アリサはダイチの傍に行って足を心配する。

「大丈夫？」

ダイチは苛立《いらだ》った声を出した。

「さわるなよ」

アリサは手を引っ込めた。

「ごめん」

「こんなの何ともねえ。それよりこいつ一体なんだ。これもあいつが言ってた犬以外の動物かよ」

ダイチはもうおじさんのことをおじさんとは言わなくなっていた。あれだけセイおじさんを尊敬していたダイチが、である。ダイチとセイおじさんの関係は切れたと言ってよかった。

「おい、聞いてるのか」

ボーッとしていたアリサはハッとなった。

「多分、そうだと思う」

ダイチは死んだ蛇にじっと視線を注ぐ。そして生唾《なまつば》を呑《の》み込み、

「こいつ、食えるのか」

と言った。アリサは首を傾げたが、ダイチは我慢できないというように蛇を手に取って真ん中から食いちぎった。蛇の血がダイチの口の周りを赤く染める。ダイチは音を立てて咀嚼《そしゃく》した。味はどうだか分からないが夢中だった。ダイチは血を拭《ぬぐ》い、蛇の引きちぎられた身体をアリサに差し出した。

「お前も食べてみろ」

見た目は気味悪いが贅沢《ぜいたく》など言っていられなかった。アリサは頷《うなず》き、思い切って蛇にかじり付いた。皮がヌメヌメして気持ち悪いが肉は食えた。骨が邪魔だがかまわず食べた。アリサはダイチから貰《もら》った分をあっという間に平らげた。しかし圧倒的に量が足りない。一度食べると胃が目覚め、余計飢えが襲ってきた。

ダイチは今度は地面の枯れ草をじっと見ている。ダイチは唾で喉《のど》を鳴らして言った。

「今気づいたんだけどよ、この草も食えるんじゃねえか……」

アリサは枯れ草に熱い視線を注ぐ。

気づけばアリサは無我夢中で草をむしり、それを口に放り込んでいた。

モニタールームの時計の針が夜の十二時を回り、四月十五日に日付が変わった。豊田聖子の出所まで残り一日となった。しかし豊田の様子に変化はない。眠らず、食事や水もほとんど摂らず娘の無事を祈っている。まるで祈禱師《きとう》のようだった。牢獄《ろうごく》は近寄りがたい雰囲気が漂っている。

正也はアリサとダイチが映るモニターに視線を戻した。二人は今眠っているが、ほんの数時間前は不憫《ふびん》で観ていられなかった。不意に襲ってきた蛇を食べた後、草も食べられるのではないかと気づいた二人は地面を這い、ポツポツと生えている枯れ草を貪《むさぼ》るようにして食べた。しかし彼らがいるのは乾いたサバンナだ。あっという間に草はなくなり、なくなった後アリサは飢えにもがき苦しんだ。だがダイチはアリサに素っ気ない態度だった。言葉一つかけなかったのだ。

ダイチの突然の変貌《へんぼう》には正也も驚いた。しかしダイチに対し怒りの感情はなかった。むしろ哀れに感じた。極限の状態で仲間の死が重なり、彼はとうとうキレてしまったのだ。そしてその気の狂いがきっかけでセイに対しての不信感が生まれた。アリサは信じたくないだろうが、ダイチの言う通りなのだ。彼はようやくセイの嘘に気づいた。

正也も昨晩悟った。この先いくら歩いても街は見えてこないと。考えれば分かることだった。国は子供たちが苦しむ姿を受刑者に見せたいのだ。街があるはずがないのだ。

ダイチは街を目指すのをほぼ諦《あきら》めている。アリサは街に着くのを信じているようだが、諦めてくれていいのだ。彼らは倒れる寸前まできている。生きているのが奇跡なくらいだ。無駄に動けば地雷を踏む可能性がある。その瞬間を国は心待ちにしている。だがじっとしていればその危険性もない。体力だって消耗しないのだ。もうじき日本から助けが向かうのだ。

あと一日、それまでどうか二人とも無事でいてほしい。これ以上犠牲者を出してはならない。

そこでじっとしていればいい。

正也も豊田と同じように祈り続けた。

だが、十五年の刑があと一日で終了し、もうじきここに助けがくることなど二人は知る由もない。九日目の朝を迎え、アリサはリュックを背負いダイチに声をかけた。

しかしダイチはふんと鼻を鳴らしてそっぽを向いた。アリサはしつこく説得せず一人で歩き出した。あえて突き放してみようと思ったのだ。するとダイチは黙って後ろをついてきた。ダイチはすぐにアリサを抜き、昨日と同様先頭を歩いた。口では諦めたと言っているが心のどこかにはまだほんの微《かす》かな希望が残っているのだろう。いや、ただ単にアリサより遅れて歩くのはプライドが許さないだけかもしれない。いずれにせよアリサはダイチがきてくれて安心した。

しかしそれからすぐのことだった。地雷探知機を杖《つえ》にして歩くダイチが躓《つまず》き、つんのめって地面に転んだ。上半身を起こしたダイチは歯を食いしばり右足の脹ら脛をおさえている。今まで全く痛そうな様子は見せなかったが、やはり昨晩不気味な生き物に嚙まれた傷が相当痛むらしいのだ。よろけながら立ち上がったダイチは我慢できず右足を引きずって歩く。見ているだけでもかなり辛《つら》そうなのが分かる。しかしアリサには気遣う余裕はなかった。自分のことで精一杯だった。昨晩蛇や枯れ草を食べたが、そんなもので体力が回復するはずがなかった。気休めにもならない。むしろ余計空腹に苦しめられた。

アリサは足がおぼつかない。杖でやっと自分を支えている状態だ。頭はボーッとし、先を歩くダイチの姿が二人に見える。気づけば地面に腰を下ろしていた。アリサは我慢できずリュックからペットボトルを取りだし水を一口飲んだ。久々に水を飲んだ気がするが、これで残り二口もない。一気に飲み干してしまえともう一人の自分が誘惑するがすんでのところで思いとどまった。

ならば最後のチューイングキャンディーを食べよう。

アリサはポケットに手をやるが弱々しく首を振った。だめだ。道のりはまだ長そうだ。ここで食べてはならない。キャンディーももう少しとっておこう。

ぼんやりとするアリサの視線の先に、枯れ草がポツリと生えている。アリサは地面を這《は》って枯れ草を抜き、土を払って口に入れた。苦くて水気がなくて、アリサは嗚咽《おえつ》しながら強引に飲み込んだ。とても食べられる味ではないが、今はこの草も貴重な食糧だ。

私は何が何でも街に着かなければならないんだ。死んだゲンキやヒカルのため、そしてセイおじさんのために。セイおじさんが私たちを騙《だま》していたなんて認めない。セイおじさんが嘘をついていないことを証明してみせる。

アリサは立ち上がり、ふらふらになりながらも一歩一歩進んでいく。何としてでも街に着くんだという執念がアリサを歩かせる。転んでも転んでも諦めずに起きあがった。口の中を切ったアリサは血を口内にためて水代わりにした。枯れ草を見つければ口に入れ、カレーやハンバーグだと思い込んで飢えをごまかした。

しかし歩いても歩いても街は見えてこない。昼を過ぎてもまだ着く気配はなかった。

遠い先は砂埃《すなぼこり》で景色が分からないが、街ではないのは確かだった。

アリサは思わず足を止めた。まだ着かないのかと溜息《ためいき》を吐く。すると少し先を歩くダイチが急にバタリと倒れた。ダイチもアリサと同じことを思い力が抜けたに違いない。

アリサはゆっくりと歩み寄り、ダイチの傍で膝《ひざ》を落とした。

「ダイチ……ダイチ起きて」

アリサは消え入りそうな声で呼びかけた。ダイチは痛そうに起きあがる。そして迷惑そうにアリサの手を払った。

「何ともねえ」

そう言って立ち上がると足を引きずって歩き出した。アリサは何事もなかったかのようにダイチに続く。感情を出す力も湧かなかった。

その後も二人は広大なサバンナをひたすら歩いた。まだ街は見えてこないが、アリサはそれでも諦めず、気力と執念で前に前に身体を進ませる。暑さにも風にも負けなかった。

しかしその気力や執念も無限ではない。ふと立ち止まったアリサは急に力が抜けて気を失った。

気づくと、暗闇の中でゲンキとヒカルが頑張れ、立ち上がれと叫んでいた。その横には笑顔のセイおじさんがいた。アリサは嬉《うれ》しくてセイおじさんの元に走った。セイおじさんはアリサを優しく抱きしめ、よしよしと頭を撫《な》でる。そして、街までもう少しだから頑張れと言ってくれた。

アリサはほっと心が落ち着いた。こんな安心した気分になったのは久々だった。アリサは大好きなセイおじさんに目一杯甘えた。セイおじさんの声、細身の身体、そして匂いが懐かしかった。アリサは両腕に更に力をこめた。

ずっとこうしていたい。そう思うが、幸せな夢はあっという間に覚めた。

「おい……おい」

目が覚めるとダイチの姿が目の前にあった。アリサは夢かと呟《つぶや》き、上半身を起こした。

「セイおじさんの夢を見た」

アリサは言った。

「もう少しだから頑張れって言ってくれたよ」

ダイチは知るかというように立ち上がると、

「行くぞ」

と言ってまた一人で歩いて行ってしまった。アリサは地雷探知機を支えにして立ち上がり、ダイチの後ろに続く。

アリサの脳裏に、夢の中で見たセイおじさんの笑顔が浮かぶ。

顔中に皺《しわ》が寄った満面の笑みだった。アリサはあの笑顔を見て再確認した。おじさんは私たちに嘘なんてついていない。おじさんは心から応援してくれている。

そしておじさんは言ってくれた。街はもう少しだと。アリサはその言葉だけで勇気と力が湧いた。アリサはしっかり前を見て歩く。

しかしおじさんの言葉とは裏腹に一向に街は見えてこない。時間は刻一刻と過ぎていく。

気づけば空は紅色に変わり始めていた。

今日も街には着きそうにない。明日《あした》だろうか、明後日《あさって》だろうか。そう考えていたその時だった。ダイチが前方を指差した。

「おい、あれ見ろよ」

アリサはダイチが指す方向を見た。遠い先に青い看板が立っている。絵や文字までは見えないが、地雷地帯の手前にあった看板によく似ていた。形は全く一緒なのである。そういえば、今日は一日地雷探知機が反応していなかった。

アリサは直感した。そしてその瞬間サーッと血の気が引いた。

「もしかして、地雷地帯の終着点ってこと？」

声が震えた。ダイチは前を向いたまま言った。

「どうやらそうらしい」

アリサは表情が停止した。嘘だと頭の中で叫んだ。アリサは地雷地帯を抜ければすぐに街が見えてくると信じていた。無論セィおじさんがそう言っていたからである。しかし看板の先には何もない。目の錯覚ではない。この様子だと何十キロ先にも街はない！

アリサは目の前が真っ暗になった。口を開くが言葉にならない。セイおじさんの笑顔が頭の中を通り過ぎる。おじさん、どうして街が見えてこないの……？

アリサは震えた。それは痙攣《けいれん》に近かった。

ダイチは放心するアリサを一瞥《いちべつ》し嘲笑《ちょうしょう》した。

「見ろよ。大きな大きな街だぜ」

皮肉るとダイチは地雷探知機を地面に捨てた。

「もうやめだやめだ。やっぱり街なんてなかったんだ。俺が言った通り俺たちは騙されてたんだよ」

アリサは辛うじて声が出た。

「そんなこと、ない」

ダイチは鼻で嘲《あざけ》った。

「まだ言ってやがる。じゃあどこに街がある？　地雷地帯はあそこで終わりなんだぜ」

アリサはこの現実を受け入れられなかった。

「もう少し歩けば……」

しかしその先が言えなかった。この先もずっと何もないのは明白だった。

ダイチはそうか、と呟いて言った。

「あいつの考えが分かったぞ」

アリサはダイチを見た。

「あいつは俺たちが邪魔になったんだ。だから地雷地帯に行かせたんだ」

ダイチの言葉がグサグサと胸に突き刺さる。アリサは信じなかった。

「嘘よ」

「事実ゲンキとヒカルは死んだ。俺たちだってもう死んだようなものだ。あいつの思い通りになったな」

アリサは首を振り続けた。

「嘘よ嘘よ嘘よ」

「うるせえ！　現実を見ろ！」

ダイチは叫んでアリサを突き飛ばした。その時ダイチの手がアリサの胸に触れた。

ダイチは頬を赤らめ胸に触れた右手をボーッと見つめる。

ダイチが急にアリサの身体を舐《な》め回すように見始めた。

「なあアリサ」

ダイチは緊張した声色に変わる。アリサが顔を向けるとダイチはそわそわしながら言った。

「もう分かったろ。どうせ俺たち死ぬんだ。だったら死ぬ前によ……」

ダイチは生唾《なまつば》を呑《の》み込み、リュックを地面に置くとアリサに一歩近づいた。アリサはなぜか興奮しているダイチが気味悪くて尻餅《しりもち》をついたまま後ずさった。この時、アリサはダイチの股間《こかん》が勃《た》っていることに気づいた。しかしなぜ勃っているのかアリサには理解できなかった。

ダイチはアリサの膨らんだ胸をじっと見ながら言った。

「俺よ、お前の身体に興味があったんだよ」

ダイチの顔がまだらに染まっていく。アリサはダイチの言動の意味は分からないが、とにかく怖くてまた下がった。

ダイチは迫りながら言った。

「だから死ぬ前に、死ぬ前にいいだろアリサ」

言い終えたと同時にダイチはアリサに覆い被《かぶ》さった。彼らは性を習ってはいないが、男の本能が芽生え、その本能が爆発した瞬間だった。そしてこの瞬間、アリサとダイチの友情は滅びた。

ダイチはアリサの胸に顔を埋《うず》め服の上から胸に吸い付く。腰は上下に動いていた。

「……やめてダイチ」

アリサは嫌がるが抵抗する力など残っていない。もがくことすらできない。

ダイチの手がアリサの股間に伸びる。アリサは止めてと訴えるが興奮しているダイチには聞こえない。服の上からでは満足できないダイチはアリサのシャツをめくりにかかる。アリサは両手で胸をおさえるがダイチは乱暴に手を払って乳房に吸い付く。

やめてダイチ……。

されるがままのアリサの瞳《ひとみ》から一筋の涙がこぼれた。

どうしてよダイチ。どうしてこんなことするの。私たち、仲間じゃないの……。

脳裏に死んでいったゲンキやヒカルの姿が映る。アリサは心の中で叫んだ。

助けてゲンキ。助けてヒカル。

最後にセイおじさんの顔が浮かんだ。

助けておじさん……。

アリサはダイチの荒い息づかいやぬめりとした唾液《だえき》、そして硬くなったペニスに虫酸《むしず》が走る。

アリサの目つきがまるで別人のように鋭く変わった。

「やめて」

アリサは低い声で言った。しかしダイチは止めようとしない。ペニスをアリサの股間にこすりつける。

「やめて」

ダイチはアリサの変化に気づかず下のジャージを脱ぎ始めた。

そしてダイチの手が下着の中に入ってきた時、アリサの最後の糸がプツリと切れた。

アリサは叫んで思い切りダイチの腹を蹴《け》り上げた。吹っ飛んだダイチは後ろによろけ、バランスを崩し派手に倒れた。

プライドを傷つけられたダイチは鬼の形相で立ち上がった。

「アリサ、てめえ」

アリサはこの時、私はダイチに殺されるんだと思った。事実ダイチの表情は殺気に満ちていた。

殺してやる。ダイチは囁《ささや》くようにして言って、一歩を踏みだした。その瞬間だった。

地雷が爆発しダイチの身体が粉々に吹っ飛んだ。地面に寝たままのアリサは砂や土を浴びる。しかし瞬き一つしなかった。上半身を起こし服の位置を直したアリサは空に上がる黒い煙をぼんやりと見つめた。

ダイチが、死んだ。

アリサは自分でも驚くくらい冷静だった。後悔も罪悪感もない。私は悪くない。裏切ったダイチが悪いんだ。ダイチは死んで当然の行為をした。アリサはもう一度自分に言い聞かせた。

私は悪くない。

立ち上がったアリサはダイチの骨や肉を振り返りもしなかった。地雷探知機を拾ったアリサの視界にダイチのリュックが映る。アリサは中から少量の水が入ったペットボトルを取りだし残りの水を飲み干した。そしてペットボトルを地面に捨てたアリサは、ふとサバンナを見渡した。

広大な大地に一人佇《たたず》む自分がいる。

とうとう一人になってしまったが、恐怖や不安や悲しみや寂しさは一切なかった。仲間の裏切りがアリサを強く、そして冷然なものへと変えたようだった。

私一人で街に着いてみせる。あと少しで地雷地帯を抜けるがその先に街はない。それでも私はセイおじさんを信じる。それがアリサの出した答えだった。やはりおじさんが嘘をついているとは思えない。思いたくない。セイおじさんはただ伝え方を間違えただけなのだ。もう何日かすれば街は見えてくる。

アリサは歩き出した。杖《つえ》をつきながらではあるが彼女はしっかりと青い看板を見据える。まずは地雷地帯を無事抜けることからだ。

しかし簡単に突破させてはくれなかった。最後の力を絞りとろうとするように、残り五メートルで地雷探知機が反応した。回り込んで避けようとしたがどこも反応する。どれかを処理しなければ先へは進めない。処理するのは当然自分である。アリサは覚悟を決めてその場に腰をおろした。そしてポケットから金属の棒を取った。

アリサは作業を開始する前にゆっくりと深呼吸する。大丈夫、セイおじさんに教えてもらった通りやれば処理できる。自信をもてと自分に繰り返し言い聞かせた。

アリサは一つ頷《うなず》き金属の棒を慎重に土に差し込んでいく。冷静なようだが心臓は今にも破裂しそうであった。

棒に手応《てごた》えを感じたアリサは少しずつ土を掘っていく。土の中で地雷に触れた瞬間全身にヒヤリと冷たいものが走った。アリサの動作が止まったがすぐに再開した。

迷うな。恐れるな。地雷は強い衝撃を与えぬ限り爆発はしない。

ようやく地雷が顔を出し、アリサは息を吐いた。あとは周りを掘って取り出せば完了だ。

何とか地雷を取りだしそっと横に置いて腰を上げる。しかしすぐに地雷探知機が音を鳴らした。再びアリサに緊張が走る。探知機を左右に向けたがやはり反応する。どうやら最後は隙間なく埋められているようだった。

望むところだ。アリサは心の中で言って、再び地面に膝《ひざ》をついて地雷処理作業を行う。指先に神経を集中させ、衝撃を与えぬよう地雷を取り出す。一度成功したら度胸がついた。しかしこれで終わりではないことは分かっている。予測通り二つ目を処理してすぐに探知機が反応した。アリサは一つ息を吐く。すぐそこにある青い看板が遠い……。

だがこれが最後の地雷だった。アリサは三連続で地雷処理を行った。五メートル進むのに三十分近くを要した。

アリサは最後の地雷を取りだし、やっと青い看板の前に辿《たど》り着いた。看板にはセーフゾーンと書いてある。ようやく地雷地帯を突破したのだ。しかし安堵《あんど》はしていられない。辛《つら》い道のりはまだまだ続く。

ここからだとアリサは自分に強く言った。

ここからが本当のスタートだ。

私は必ず街に着いてみせる。そして日本へ行くんだ。

アリサは再び歩き出す。夕陽は沈みかけているが歩き続けた。転んでも転んでも立ち上がり、身体を前へ前へ持っていく。

負けるか。負けてたまるか……。

今のアリサはまるで何かに取り憑《つ》かれているかのようだった。

高尾刑務所から出所する前夜、豊田聖子は、ボロボロになっても未《いま》だ歩き続けている娘の姿を見ながら静かに涙を流していた。

地雷地帯に放り込まれ、極限状態に陥りながらもよくぞ、よくぞ今日まで死なずに生きてくれた。娘は身体だけではない、心もずたずたに傷つけられた。信頼していた仲間のダイチに襲われた時、彼女はどれだけショックだったか。

豊田は最後、娘がダイチに殺されるのではないかと我を失ったが死んだのはダイチの方だった。その瞬間、何とか娘が助かり豊田は安堵した。ダイチが死んだことにかんしては何も感じていない。むしろ娘をレイプしようとしたダイチが憎い。あいつには天罰が下ったのだ。豊田はヒカルが死んだ時、そしてゲンキが死んだ時も感情の変化はなかった。他の子供たちがどうなろうとよかった。娘が無事ならそれでよかった。この十五年間、娘と再会するためにこの牢獄《ろうごく》の中で耐えてきたのだ。娘が死んだら十五年間は無意味になる。娘が死んだら私はもう生きていけない。だから聖には何が何でも生き延びてもらわなければならなかった。仲間を犠牲にしてでもだ。

豊田は画面に映る娘に心の中で声をかける。聖、この九日間辛かったでしょう。苦しかったでしょう。でももう大丈夫。十五年間の長い刑期は明日《あした》終了する。ここを出たらすぐにあなたを助けに行くから。それまでもう少しの辛抱よ。

聖は憔悴《しょうすい》しきっているとはいえ地雷地帯を抜けている。事故の心配はない。娘の飢えは限界を超えているが今日まで耐えてくれたのだ。私が着くまで絶対に生き延びてくれる。

豊田は、夜になっても歩き続けている聖に言った。もう歩かなくていいのよ。そこでお母さんが来るのを待っていればいい。

奴らのことだ。いくら歩いたって街はない。

歩いたって無駄なの。だからお願いじっとしていて……。

豊田は娘があまりに不憫《ふびん》で胸が締めつけられる。彼女は泣きながらこの十五年間の罪を詫《わ》びた。

ごめんね聖、もう少しで全てが終わるから……。

5

四月十六日。豊田聖子が高尾刑務所を出所する朝を迎えた。正也はぐったりとしながらアリサの姿を見ていた。結局生き残ったのは彼女一人だけだった。刑期が終了する前日、最悪な事態が起きてしまったのだ。死んだダイチも生き残ったアリサも気の毒である。特にアリサは心が深く傷ついたろう。信頼していた仲間に襲われた彼女のショックは計り知れない。アリサの様子がおかしくなったのはあれからだ。仲間が死んだのに悲しむ様子はなく、何事もなかったようにその場から去った。今も表情はなく、別の人間を見ているようである。だが彼女をこうさせた刑罰も今日で終わる。

正也は、もう少し出所日が早ければこんな結果にはならなかったのではないかと悔やまれるが、一人残っただけでも良かったと思うべきだろうか。そう思わなければやっていられなかった。しかしアリサはまだ生きているとはいえ早く救出に向かわなければ危険な状態である。にもかかわらず彼女は夜も眠らずに歩き続けている。まるで何かに操られているようだった。どこにそんな力が残っているのか。人間の限界を遥《はる》かに超えている。この様子だとアリサは死ぬ寸前まで歩き続けるだろう。彼女には見えていないのか。この先も永遠に続きそうな無の世界が……。

時計の針が七時を回ったと同時に、秋本と女の看守が牢獄の前にやってきた。女の看守は籠《かご》を持っており、その中には豊田の洋服などが入っているようだった。正也は牢獄に音声を切り替えた。秋本は牢獄を開けると豊田に言った。

「豊田さん、十五年間ご苦労様でした」

秋本はたったそれだけで済ませた。一応は労《ねぎら》っているつもりなのだろうが感情のない声だった。

「着替えてください」

女の看守が籠を渡すと豊田は奪うようにして取った。豊田は秋本に構わず急いで着替える。

「娘さんが今いるのはクダゥという国です。これから娘さんを救助に向かいますが、一緒に行きますか？」

秋本の問いかけに豊田の動作が止まった。

「当たり前でしょ」

「そうですよね。表に車を用意してありますので。それでヘリポートに向かってもらいます」

付けた。

秋本はそう言ってその場を去るとモニタールームにやってきた。正也は秋本を睨《にら》み

「どうしました朝からそんな怖い顔して。徳井くんもご苦労様でした。今日で観察の仕事は終わりです」

正也は言葉を返さなかった。

「どうでしたかこの三十日。随分窶《やつ》れたようですが大丈夫ですか？」

秋本はニヤニヤしながら言った。正也は秋本の態度に怒りが沸き立つ。正也は拳《こぶし》を握るが一美の姿が脳裏をかすめる。秋本は愉快そうに正也を見下ろす。正也は視線をそらした。すると秋本が正也に言った。

「徳井くん、観察の仕事は終わりましたがね、君には最後に特別に面白いものを見せてあげましょう」

正也は顔を上げた。

「面白いもの？」

「ええそうです」

と秋本は目を光らせた。

「何ですか？」

聞いても秋本はもったいぶった。

「まあまあ、行ってのお楽しみですよ」

彼は豊田が地下を出たのを確認すると、

「さあ行きましょうか」

と言ってモニタールームを出た。正也は見当がつかなかったが、秋本のことである、悪い胸騒ぎを感じていた。


太陽の光が目に眩《まぶ》しい。ここ一ヶ月地下から一歩も出ていなかった豊田はしばらくまともに目を開けていられなかった。

陽の光を浴びただけで鈍っていた身体が生き返っていく。風が新鮮だった。

豊田は女の看守についていく。グラウンドは閑散としていた。

刑務所の門の脇にある小さな扉が女の看守によって開かれた。十五年ぶりの外の世界だが、豊田は外の空気や光を感じている余裕などなかった。刑期は終了したがまだ全てが終わったわけではない。娘はまだしっかり気を保っているとはいえ豊田は気持ちが焦る。

日本からクダウという国まで何時間かかるか分からないが、それまで聖、どうかお願いだから無事でいて。

秋本が用意した車はすでに到着していた。黒塗りのセダンである。運転席には白い手袋をした運転手が待っていた。豊田は駆け足で車に向かい扉を開けた。そして後部座席に乗り込もうとしたその時である。豊田は後ろから声をかけられた。

「お前が豊田聖子か」

低いが女の声だった。その低くて冷たい声でいきなり名を呼ばれた豊田は背筋がゾッとした。

一拍おいて彼女は振り向いた。

その時には脇腹をナイフで刺されていた。刺された豊田は表情と動作が停止した。今自分に何が起こっているのか分からなかった。

急に痛みが走り、脇腹に視線をもっていく。ナイフがぬるりと抜かれた。それを見ても豊田は混乱して状況が把握できなかった。

今度は腹の真ん中を刺された。豊田は呻《うめ》き声を洩《も》らす。血が洋服を染め、スカートにしたたり落ちる。身体は火のように熱かった。

三度目は心臓だった。この瞬間急激に力が抜けた。意識は朦朧《もうろう》となり、立っていられなくなった豊田は刺した相手にもたれかかる。

その時に顔を見た。

自分よりも背の高い、十五、六くらいのおかっぱの女の子だった。眉《まゆ》は太く、目は細くて一重で、鼻はうさぎのように小さく、そばかすが多くて頬骨とエラが張っている。お世辞にも綺麗《きれい》とはいえない顔立ちだった。豊田は彼女に見覚えがなかった。なぜ見知らぬ女の子に刺されなければならないのか……。

しかしどこかで見た顔のような気もする。豊田は記憶を巡らすがどうしても思い出せない。

女の子はもたれかかる豊田を氷のような冷たい目で睨み付けて憎悪の念を込めて言った。

「お前のせいで私の人生は不幸になったんだ」

豊田は彼女の言葉の意味が分からなかった。

「お前も私と同じ苦しみを味わえ」

豊田は辛うじて声が出た。

「ちょっと、待って……」

しかし女の子は有無を言わさずトドメの一撃を与えた。豊田は息を荒らげながら赤く染まった両手で女の子の顔を摑《つか》む。

「さわるな」

女の子が鬱陶《うっとう》しそうに手を払うと豊田はズルズルと地面に倒れた。

女の子は豊田を少し見下ろした後走って逃げていった。豊田のぼやけた視界から彼女の姿が消えた。

どうして……。

どうして私がこんな目に。私が何をしたっていうの……。

豊田の呼吸は段々弱くなっていく。彼女は朦朧とする意識の中で娘の名を必死に呼んだ。

「聖……」

娘の笑顔が脳裏に映る。

「聖……」

高校の制服や洋服を着せたり、一緒に料理を作ったり、ご飯を食べたり、買い物に行ったり、お風呂《ふろ》に入ったりと、十五年の間に描いた夢が次々と浮かぶ。豊田は幸せな気分になり微笑んだ。

「もう少しで会えるからね」

豊田は囁《ささや》いた後目を閉じた。

しかし暗闇の中に映ったのは聖ではなく、自分を刺した女の子だった。そして豊田はこの時やっと気づいた。

そうか、思い出した。どこかで見たことがあると思ったら、私が殺した保田雄一に似ているからだった。

少女と保田の二つの顔が重なったと同時に、豊田聖子は意識が途切れた。

突然起こった事件に正也は茫然《ぼうぜん》と立ちつくした。正也だけではない、まるで時が止まったように、女の看守や運転手も硬直している。正也が金縛りから解けたのは豊田が倒れてしばらく経ってのことだった。グラウンドにいた正也は豊田の元に走る。正也は彼女の上半身を支え意識を確かめた。

「豊田さん！　豊田さん！」

しかしいくら呼んでも反応はない。顔はもう青白く変色していた。耳を近づけるとほんの微《かす》かに息はしているが、それも徐々に弱くなっていく。致命的なのはこの出血だ。地面にまで大量の血が流れていた。この様子だと助かる可能性はなさそうだった。だが正也は最後まで諦《あきら》めなかった。死なせてはならない。豊田は娘に会うために十五年間も耐えてきたのだ。今日という日をどれだけ夢見たか。なのに会えないまま死ぬなんてあんまりではないか。どうにか二人を会わせてやりたい。せめて一目だけでも……。

正也は突っ立っている女の看守に怒鳴った。

「何してるんですか！　早く救急車呼んで！」

女の看守はやっと我に返った。

「は、はい！」

しかし秋本がそれを止めた。

「無駄ですよ。彼女はもう助かりません」

正也は素早く振り返った。

「何を言うんです！」

正也は秋本に構っている場合ではないと、女の看守に再び言った。

「救急車早く！」

女の看守は震えた声で返事して建物に走っていった。

正也は秋本に鋭い視線をぶつけた。この男、豊田が刺されたというのに妙に平然としている。まさかこれも仕組まれたことなのか。面白いものとはこれのことか！

「どういうことですかこれは！なぜ豊田が刺されるんです。あの少女を追わなくていいんですか！」

正也は最初から責める口調だった。秋本が絡んでいると確信していた。果たして秋本は普段と同じ声で答えた。

「慌てて追う必要はありません。彼女のことは全て分かっています。私が呼んだのですから」

やはりこの男が仕組んだことか！

憤る正也は、あの少女が何者なのかそこまで考える余裕がなかった。

「あなたはどこまで豊田を！」

秋本は遮って、豊田を指差し正也に言った。

「あの少女は豊田聖子の娘です」

その瞬間正也の動作が止まった。同時に怒りの炎が消えた。

今、何と言った……？

「だから出所日の今日呼んだのです。母親に会わせてやろうと思ってね」

秋本は言ってニヤリと微笑んだ。正也は秋本を見たまま固まっていた。

正也は自分の耳を疑った。突然何を言い出すのだこの男は。あの少女が豊田聖子の娘？

そんな馬鹿な、と正也は頭の中で叫んだ。豊田の娘は今クダウにいるではないか！

秋本は動転する正也を見て満足そうな表情をしていた。正也はやっと言葉が出た。

「まさか冗談でしょう」

いいえ、と秋本は頭を振った。

「こんな時に冗談は言いませんよ。本当です。あの少女は豊田聖子の娘です」

秋本は真剣な口調で言った。

正也は混乱した。一体どういうことだ。『彼女も』娘ということは、豊田は実は双子を産んでいたということか。

「アリサの姉妹ですか」

しかし秋本は、

「違います」

と言った。

「では、では……」

正也は何を言うべきなのか、頭がこんがらがって分からなくなった。

「いきなりそんなことを言われたって信じられませんよね。だって、私から豊田とアリサが親子だと初めに説明されれば誰だって信じて疑わない。でもそれは嘘なんです。ずっと騙《だま》していてごめんなさいね。観察員とはいえ、教えることはできなかったのです。でも豊田の刑期は終了したし、彼女はもうこの通りだ。君には特別に全てを教えてあげましょう。本当はいけませんが、個人的に教えてあげたくなったのです。無論君を買っているからです。今後の君の成長に期待しているからですよ。これはご褒美みたいなものです」

最後は意味深に聞こえたが今の正也にはそんなことはどうでもよかった。秋本の言っていることは本当なのか。正也は信じられなかった。しかし秋本の目は本気なのである。冗談を言っている風ではないのだ。

一体何がどうなっているのか。正也は訳がわからなかった。

混乱する正也を落ち着かせるように、秋本はゆっくりとした口調で説明を始めた。

「何度も言いますが豊田の娘はアリサではありません。本当の娘は『保田真美《まみ》』という名前で、長野県の児童施設で育ちました。もちろん豊田の両親もそのことは知りません。前も言った通り豊田の両親は金で解決した人間です。知らせる義務もないですがね」

正也は少し遅れてピンときた。

「保田……」

「そうです。豊田が殺した男の名字です。真美本人は、両親は事故で死んだと教えられてきましたがね。ですが児童施設の職員のほとんどが豊田の事件を知っていました。ある時偶然その会話を子供たちが聞いたのでしょう、噂はどんどん広まり、真美は殺人者の子供と言われるようになったそうです」

「殺人者の、子供……」

大勢に囲まれ罵《のの》しられる少女の姿が目に浮かんだ。

「事実を知った真美が母親を恨むのは当然のことでした。母親が殺人なんて犯さなければ自分は殺人者の子供だなんて言われなかった。殺人者の血が流れていると恐れられることはなかった。母親が父親を殺さなければ児童施設ではなく、普通の子のように親と幸せに暮らしていたのに……とまあそんなところでしょうね。いや、想像よりも遥《はる》かに憎しみは大きかったでしょう。私が思っている以上にイジメも酷《ひど》かったと思います。犯罪者の家族というだけで世間は厳しい目を向けますからねえ。真美は全ての不幸を母親のせいにしたに違いありません。ですがまさか母親に殺意まで抱いているとは思いませんでした。そしてそれを実行するとはねえ」

正也の脳裏に、豊田の心臓や腹をナイフで何度も突き刺す少女の顔がフラッシュバックする。

あの少女が、豊田の娘……。

秋本の話が作り話とも思えなかった。事実、憎しみの込もった言葉を吐きながら少女が豊田を刺したのだ。しかしそれでもまだ信じられなかった。正也の頭には、豊田の娘はアリサだと強く根付いているのだ。

「まだ信じられないといった顔ですね。そこまで疑うなら、あの少女と豊田のDNA鑑定でも行いましょうか。その結果を見れば君も納得するでしょう。保田真美が、保田と豊田との間にできた子供だということに」

秋本は自信に満ちた声で言った。二人は真っ直ぐに見つめ合う。正也は負けたように視線を落とした。そこまで確かめるまでもないだろう。正也は、秋本に偽りがないことを知った。あの少女は、豊田聖子の娘だったのだ。

この時正也の目にアリサの顔が浮かんだ。片方には保田真美が映っている。考えてみれば豊田とアリサは全く似ていない。しかし真美と比べると、確かにどこか似ている気がする。

豊田の娘はアリサではなく、あの少女だった……。

正也は何度も胸の内で繰り返した。正也は俯《うつむ》いたまま問うた。

「なぜ真美と豊田を会わせたのです。真美は母親を恨んでいたのでしょう。なのにどうしてわざわざ」

「真美がそれを希望したからです。私を産んだ母親を見てみたいとね。だから私は希望を叶《かな》えてやっただけですよ。しかしこんな結果になるとはねえ。まあ豊田は自業自得でしょう。娘の人生を不幸にしたのです。恨まれて当然です」

何とも皮肉な結果だった。豊田は『最愛の娘』に恨まれ、そして……殺された。豊田はすでに息をしていなかった。これから救急車に乗ってもう無駄だ。正也はそっと豊田の身体を地面に置き両手を合わせた。

目を開けた正也は心の中で叫んだ。

しかしなぜだ。

正也には大きな疑問があった。

なぜ保田真美が長野の児童施設で育ち、アリサが地雷村で育つことになったのか。実の娘は真美なのに！

それを言葉に出そうとしたその時である。正也はそんなことよりももっと肝心な疑問があることにようやく気づいた。

正也は身体が火のように熱くなり、勢いづいて聞いた。

「そうです、そうですよ。じゃあアリサは一体誰の子供なんですか！」

秋本は答えず、やっと気づいたかというようにフフと気味悪く笑った。ちょうどその時、遠くから救急車のサイレンの音が聞こえてきた。

豊田聖子が息を引き取った時、まるでそれが伝わったかのようにアリサは力が抜けて地面に派手に倒れた。その時に杖代《つえ》わりにしていた地雷探知機を放してしまい、少し離れた所に転がってしまった。アリサは手を伸ばそうとするが力がなくて上がらない。立ち上がろうと身体を持ち上げるが力つき果てたように落ちた。すぐそこにある杖がもの凄《すご》く遠かった。

アリサは杖をぼんやりと見つめながら、私もいよいよだめかなと思った。一晩中歩き、朝になっても街は見えてこなかった。地雷地帯を抜けてから結構歩いてきたはずなのに……。

でもアリサはセイおじさんに対する気持ちは全く変わらない。この先街はあると信じている。しかし身体がもう動かない。何が何でも街に着いてみせると誓ったのに……。

アリサは目を閉じると動かなくなった。弱々しく呼吸するだけだ。アリサは強烈な日光に晒《さら》され、砂埃《すなぼこり》を浴びる。

水はとっくに尽きていた。昨晩どうしても耐えられず飲んでしまったのだ。もう絶望的であった。

アリサの手が微《かす》かに動くと、手の甲がポケットに触れた。その時アリサは手の甲にある感触を得た。

そうだ、チューイングキャンディーだ。

アリサはチューイングキャンディーを摑《つか》み、うっすらと目を開けてキャンディーを見つめた。

ゲンキがくれたチューイングキャンディー。

ずっと大切にとっておいた最後の一つ……。

ありがとうゲンキ。アリサは心の中で言って包み紙を取り、口の中に入れた。甘い味が口の中いっぱいに広がる。アリサはほっと心が落ち着き、このまま眠ってしまってもいいかなと思った。

その時だ。アリサは男の人の声を聞いた。

諦《あきら》めちゃだめだ。

次に女の人の声を聞いた。

頑張ってアリサ。

どちらも初めての声だった。瞼《まぶた》を開けるとそこには大人の男女が立っていた。逆光線で顔は見えないが、優しく微笑んでいるのが雰囲気で分かる。

アリサは自分を産んでくれた父親と母親だと分かった。二人が私の前にきてくれたんだ。

立つんだアリサ。父親が強く言った。

負けないでアリサ。母親が力のこもった声で叫んだ。

アリサは口を開き二人を呼ぼうとするが、言葉がうまく出せない。

アリサはこの時初めて気づいた。私は二人をどうやって呼んだらいいのか分からない。

そういえばテレビに映っていた子供が、父親をお父さん、母親をお母さんと呼んでいたが、私もそう呼べばいいのかな……。

お父さん、お母さん。アリサは心の中で呼んだ。そして立ち上がろうと力を入れた。まずは上半身を起こし、次に右足を起こす。そして右足を支えにして身体を持ち上げる。二人の声援が力をくれた。

アリサは生まれたての馬のように足を震わせながら立ち上がった。そして地面に落ちている地雷探知機を拾った。

立ったよ、お父さんお母さん。

二人はよく頑張ったと褒めてくれた。

アリサはお父さんとお母さんの顔が見たくて、寄り添いたくて、もっと褒めてもらいたくて、二人に近づく。しかしあと一歩というところで二人はスーッと遠ざかる。

その瞬間アリサの表情から笑みが消えた。お父さん？　お母さん？　突然どうしちゃったの？　どうして行っちゃうの。

しかし二人は何も答えず離れていく。

待って！　アリサは手を伸ばすが二人は遠くの向こうに消えてしまった。

二人の姿は幻だったんだとようやく気づいたアリサはその場に立ちつくした。

また、私は一人になってしまった。

アリサはもう一度お父さんとお母さんに会いたかった。本当は日本で会いたい。でも幻でもいい。一緒にいたい。声が聞きたい。

あとどれだけ歩いたらもう一度二人に会えるかな……。

アリサは二人を追うように歩き出す。超小型飛行カメラが映すアリサの背中は寂しく、そして悲しそうだった。

豊田聖子を乗せた救急車を見送った正也と秋本はモニタールームに戻ってきた。秋本が話の続きはモニタールームで、と言ったのである。

超小型飛行カメラは、諦めずに歩き続けるアリサを様々な角度から映す。よく見ると彼女は何かを喋《しゃべ》っている。ヘッドホンをしても聞き取れなかったが、どうやらお父さん、お母さんと呼んでいるのが口の動きで分かった。

それを読みとった正也はきつく瞼を閉じた。なぜ彼女たちはこんな悲惨な運命を辿《たど》ることになったのか。正也は目を開けると改めて聞いた。

「教えてください。彼女たちは受刑者とどういう関係があるのですか」

秋本は表情を変えずに言った。

「関係ありません」

正也は秋本を見た。

「関係ない？」

「ええ、全くね」

関係ないのになぜここにいるのか、正也には想像がつかなかった。

「では、やはり彼女たちの親が罪を犯したのですか」

秋本は横を向いたまま答えた。

「彼女たちに親はいません」

正也は反応が一拍遅れた。

「親が、いない？」

「そうです。彼らは皆捨て子なのですよ」

正也は愕然《がくぜん》とした。

「捨て子……」

「そうです。日本は年々捨て子の数が増加しています。一番の理由は経済的な問題でしょう。その他には、育児に疲れたとか、望んだ子供ではなかったとか、まあそんなところでしょう。いずれも親の勝手ですね。酷《ひど》い親はコインロッカーや段ボールに入れて捨てたりしますよ」

正也は開いた口が塞《ふさ》がらなかった。そんな親がいるというのか？

「アリサたちは集められた捨て子の中から無作為に選ばれ、村に送られたのですよ。

親に捨てられた上、村に送られるなんて彼らは最悪の運命ですね」

経緯は理解できたが正也にはどうしてもわからないことがあった。

「こんな言い方はしたくありませんが、なぜ実の娘の真美ではなかったのです。なぜ無関係の彼らが選ばれたのです」

秋本は簡単だというようにこう答えた。

「深い意味はないでしょう。国籍がないアリサたちを使う方が国は都合がよかったんでしょうねえ」

正也は耳を疑った。

「国籍が、ない？」

「そうです。彼らには国籍がありません。捨てられていたのですから、日本人かどうかわかりませんよ」

それは都合のよい言い訳だった。

「日本人に決まっているでしょう。調べればわかることです」

「いちいち誰が親か調べるんですか？ そんなのキリがありませんよ。確かに昔は日本国籍を認めていましたが、方針が変わったのです。今この国では一年間だけでどれだけの子供が捨てられていると思っているんですか。徳井くんの想像を遥《はる》かに超えますよ」

「仮に国籍がなくても彼らは人間です。人権があります」

「しかし国が拾ってきた子供たちですよ。国がどうしようが勝手なのではないですかねえ」

「いいえ。国家権力によっても彼らの人権を侵すことは許されません。いや、人権以前の問題です。国は彼らを命あるものとすら思っていない」

正也は言葉を重ねた。

「拾ってきた子供なら何をしてもいいと言うのですか。死んでも構わないと言うのですか！　彼らはロボットじゃないんだ。彼らの命を奪う権利は誰にもない！」

「徳井くん、君は国が悪い、刑が悪いと言いますが、本当に悪いのは子供を捨てた親ではないですかね？　親が子供を捨てなければアリサたちは村に送られ、悲惨な目に遭うことはなかった。他の捨て子もそうです。皆がそうとは言いませんが、不幸な人生を歩むことはなかったのではないですか？」

「確かに原因を作った親も悪いです。ですがやはり、子供たちを殺した国の方が罪は大きいです」

正也がいくら訴えても無駄だった。

「しかし私に言われてもねえ。国が決めたことですから」

秋本は困ったらそう言って逃げる。お決まりのパターンだった。正也は怒る気も失せた。一つ息を吐くと話を戻した。

「皆捨て子ということは、ゲンキたちも他の受刑者の子供ではないということですね」

「他の受刑者はいません。この刑を受けていたのは豊田だけです」

正也は混乱した。

「豊田だけ？」

「ええそうです。考えてみてください。豊田と同じ時期に、しかも子供が産まれる直前、もしくは直後に大きな罪を犯す親はそんな都合よくいませんよ」

そう言われてみればそうである。そんな偶然はないと思った。しかしまさか豊田一人だったとは……。

「では豊田一人のためにこの刑は作られたということですか」

秋本は満足そうな声になった。

「そういうことですね。もちろんこの先、豊田と同じケースが出てくれば執行するでしょうがね」

「なぜ豊田にこんな残酷な刑を？　この刑を作った人間が個人的な恨みでもあったのですか」

正也はそうとしか考えられなかった。しかし秋本はあっけらかんと答えた。

「そういう話は聞いていません。ただ殺人者を苦しめたかったのでしょう。それと……」

　正也は妙に嫌な予感がした。

「それと？」

　秋本は冷笑を浮かべて言った。

「半分は国の偉い人間たちの道楽のためでしょう」

　正也は怒りよりも先に戦慄《せんりつ》が走った。

「道楽……」

「私にはモニターを見て、にやついているお偉方の姿が目に浮かびますよ」

　正也はしばらく声が出なかった。秋本が言っていることは嘘ではない気がした。この刑には大きな権力が陰に潜んでいるのは確かだ。こんな『暴刑』が十五年間も行われているのだ。恐らくどこからか刑の情報がマスコミに漏れているはずだ。しかし一般公表されていない。マスコミも恐れる大物がいるということか。正也の脳裏に、正体の分からない闇の人間たちが浮かぶ。

　正也は再び怒りが沸き立った。

「そのお偉方とやらの道楽のために豊田や子供たちは犠牲になったのですか」

「そうともいえます」

たでしょう。まさか三人は道楽のための道具ですか」

「ゲンキやダイチやヒカルはなぜ選ばれたのです。豊田一人ならアリサだけでよかっ

秋本はそう言うが、それはただの表向きの理由である。

「あくまで受刑者を苦しめるための刑ですからね」

「そうとも？」

正也は責めるように言った。秋本は平然と答えた。

「そうかもしれませんねえ」

正也は首を振り、深い溜息《ためいき》を吐き独り言のように言った。

「親に捨てられ、勝手に村に送られ、そこで十五年間自由のない村に閉じこめられ、最後は見せ物のために死んでいく。一体彼らは何のために生まれて来たんですか」

正也は間を与えずに言った。

「豊田だって、他人の子供を実の娘だと思い込んで十五年間牢獄《ろうごく》の中で苦しい思いをしてきた。あまりに酷すぎるとは思いませんか？　人間のやることじゃない」

秋本は答えない。しかし考えている風でもない。

「子供たちが死んでいくところや、豊田が苦しむ姿を見てさぞ興奮したでしょうね。本当に最低ですよ」

正也は秋本にもあてていた。

「どうせあのセイという男も本当は最初から国の機関の人間だったんでしょう？」

秋本はやっと口を開いた。

「いいえ、彼は本当に国が拾ってきたホームレスです。保育士という経歴も嘘ではありませんよ」

「ではなぜあの男は子供たちを裏切ったのです。何らかの条件があったとはいえ、普通十五年間も一緒に暮らしてきた子供を裏切ることはできませんよ」

秋本は納得するように頷《うなず》いた。

「そうですね。その通りです」

「どんな契約がされたんですか」

「まず離婚した家族の資金援助。どうやら深い事情があったらしく、相当責任を感じているようでした。まずこれが村に行った時点で三億円。そして十五年後、条件を全て果たせば彼には五億円入る予定でした。彼は見事五億円の仕事をこなしたというわけです」

正也は驚きはしなかった。そんなことだろうと思った。

秋本は正也を煽《あお》るように付け足した。

「ちなみに彼はすでに帰国していますよ」

正也は溜息ばかりが出た。

「可哀想に。彼らはあの男を心の底から信じていたんですよ。四人は私利私欲のために操られていたんですね」

「仕方ありませんよ。誰だってそんな大金を目の前に積まれたら心が揺れます」

「いいえ僕は揺れません」

一美のことがちらつきつつも、正也はきっぱりと言った。秋本は、ほうという顔になった。

「いくら金のためとはいえ、子供を殺すなんてできるはずがありません」

二人の視線が重なった。秋本が先に表情を崩した。

「まあこの世の中、色々な人間がいますからねえ」

「それでも僕は」

許せません、と言おうとした時だった。モニターに映るアリサがバランスを崩し倒れた。正也は小さく声を上げた。そうである、セイの話などしている場合ではない。

「早くアリサを助けてあげてください。どうせいくら歩いたって街はないんでしょう?」

秋本は頷いた。

「ええ。この先街はありませんよ。いくら歩いても同じです」

「よく平気でそんなことが言えますね。アリサたちは両親に会いたくて、自由の世界に羽ばたきたくて街を目指していたんですよ。なのに……」

正也はその先を言うのを止めた。これ以上言っても無駄である。秋本は真剣に聞く気がないのだ。

「とにかく早くアリサを」

秋本はうるさそうに言った。

「ええ、ええ。すでに自衛隊が救助に向かっています」

正也はそれを聞いてひとまず安心した。秋本は正也の表情を見て口の端を浮かせた。

「ただ、クダウまで半日以上はかかります。アリサがそれまで耐えられますかねえ」

まるで最悪の事態を期待しているような言い方だった。

正也は言いきった。

「大丈夫です。この子は強い子だ。絶対に負けません。あなたたちの期待通りにはいきませんよ」

秋本はフフとただ笑うだけだった。正也は深刻そうな声で言った。

「それより心配なのはアリサの今後です。アリサはこの先どうなりますか。頼る人なんていませんよね」

「彼女は児童施設で暮らすことになるでしょうねえ。十五歳では里親も見つからないでしょう」

正也は落胆した声になった。

「そうですか」

アリサは自分を産んだ両親に会うためにここまで頑張ってきたのに、実は自分は捨て子だったと知ったらどれだけ傷つくか。

でも強いアリサのことだ、悲しみを乗り切ってきっと幸せな将来を歩んでくれる。死んだ仲間の分まで。

今までが酷《ひど》かったのだ、必ず幸福が訪れる。正也はそう信じる。

彼は画面に向き直り、杖《つえ》をついて立ち上がろうとするアリサを心の中で応援した。何とかアリサが立ち上がり正也は一つ息を吐く。

モニタールームにしばらく無言の時が流れた。正也はアリサを見ながら別のことを考えている。

正也は横を向いたまま秋本に言った。

「看守長」

改まった声になった。秋本も正也に視線を向けなかった。

「何です？」

「最後に教えてもらえませんか」

「何をですか？」

とぼけたような、そんな声の調子だった。

「僕を観察員にした理由です。僕は看守ではなく、最初から観察員として選ばれたんですよね？」

秋本は迷うことなく答えた。

「ええそうですよ」

「過去にも何人か観察員がいたと聞きましたが」

「その通りです」

正也は秋本を見て、頼み込むように言った。

「お願いします。観察員という仕事の真の目的とはなんですか？　僕は何のために、この場所で毎日モニターを見ていたのですか？　そして僕はどこへ異動となるのです？」

しかしそれについては最後まで教えてはくれなかった。

「徳井くん、今はそれはお話しできません。ですが、後日必ず分かります。それまで待っていてください」

またそれか、と正也は力を落とした。これ以上しつこく聞いても無駄であろう。秋本がそう言うのだ。その時を待つしかなさそうだった。しかし秋本のことである。また何かを企《たくら》んでいるのではないか。正也は自分の配属先が不安だった。

秋本は笑顔を見せると明るい声の調子で言った。

「まずはこの三十日間ご苦労様でした。君もモニタールームに閉じこもりっぱなしで疲れたでしょう？」

「僕は平気です。それより子供たちが心配でしたから」

秋本はうんうんと首を縦に動かした。

「それと報酬ですが、三日後に支払われますので確認よろしくお願いしますね」

この刑に憤りながらもしっかり給料を貰《もら》おうとしている自分が嫌になった。しかし一美のためである。辞退はできない。

「分かりました」

「では今日は帰宅して結構です。私から連絡があるまで、休んでいてください。本当にこの三十日間、ご苦労様でした」

秋本は正也に労《ねぎら》いの言葉をかけると、有無を言わさずモニターのスイッチを切った。

同時に、モニターからアリサの姿が消えた……。

6

扉をノックすると、中から男の声が返ってきた。

「はい、どうぞ」

低く厳しい声である。秋本は扉を開き、

「失礼します」

と言って部屋に入った。男は窓際に立っていた。どうやら東京の空を眺めていたらしい。振り返るが陽の光で男の姿はシルエットのように映る。男は秋本だと確認すると、明るい声の調子に変わった。

「秋本さん」

秋本はもう一度頭を下げた。

「すみません、お忙しい中わざわざきていただいて」

秋本は首を振った。

「とんでもないです」

男はソファを示した。

「さあどうぞおかけになって」

秋本はソファに腰掛けた。男はその向かい側に座る。

「お忙しいですか？」

秋本は聞いた。

「ええ、色々と」

「管理する範囲が広いと大変でしょう」

男は苦笑した。

「ええ、報告を受けるだけでも一日が潰《つぶ》れますよ」

「私も、豊田と子供たちのおかげで上のポストにつきそうですよ。満足な結果だと、昨日連絡を受けましてね」

「それはおめでとうございます」

「いやいや、まだ決まったわけではないですから」

そう言う割には秋本の声は弾んでいた。

「それにしても豊田も不運な女ですね。出所した直後に殺されるとは。しかも実の娘に」

「ええ、本当に」

「子供たちは何人残りましたか？」

「一人生き残りました。唯一の女の子です」

男は感心したように顎《あご》を上げた。

「ほう、女の子ですか」

「私の予想と正反対でしたよ」

男は納得するように小さく頷《うなず》いた。

「ところで秋本さん」

男の声の調子が真剣なものに変わった。秋本は少し背中を伸ばした。

「早速本題に入りたいのですが」

「ええ」

「例の、徳井正也でしたよね？　彼はどうでしたか？」

「今までの観察員は毎日が退屈な映像ばかりだったので、どれも性格が分かりづらかったでしょうが、何せ今回は子供たちが苦しむ場面や死んでいく場面が何度もありましたからね。だから彼の人間性がよく分かるのではないでしょうか。少なくとも今までの観察員たちよりは、子供の死に慣れたと思います」

「そうですか、それは楽しみですね」

「彼はいちいち熱くなる男ですが、結局は言いなりになります。なぜなら彼には植物状態の妹がいて、その入院費が必要だからです。妹が生きている限り、彼は指示通り働きますよ」

男はそれを聞くと感動した声になった。

「私はそういう人材を探していたのですよ」

「そういう点では彼は期待してもらっていいと思いますよ」

男は満足した表情を浮かべた。

「南洋平《みなみようへい》があの事件を起こして以来、監視員のイメージが悪くなり、なかなか新人が入らなくなって、入ったとしても内容が内容ですからね、すぐに辞める人間ばかりで困っていましたが、いやあ秋本さんに頼んで本当によかった。秋本さんが『観察員』という仕事をつくってくれたおかげで多くの人間を品定めすることができましたからね。それでも一年ともたない者ばかりでしたが、その彼はなかなか使えそうですね」

「今まで期待に応《こた》えられずすみませんでした」

秋本はそう言って、鞄《かばん》から一枚のデータディスクを取りだした。

「いつものです。参考にしてください」

男は秋本からディスクを受け取った。

「ありがとうございます」

秋本は仕事を終えると立ち上がった。

「それでは私はこれで」

男も腰を上げた。

「お忙しい中ご苦労様でした」

秋本を見送った男は再び窓際に立った。しかし今度は東京の景色は見ていなかった。彼の目に映るのは、五年前施設から脱走した南洋平の姿である。

男は南洋平に嬉《うれ》しそうに言った。

南くん、あれからもう五年が経ったんだね。これからある若者が私の下で働くことになりそうだが、君くらい優秀かな？　私は楽しみで仕方がないんだ。

その窓に反射して映るのは、今年ＹＳＣ東日本統括本部長となった堺信秀《さかいのぶひで》であった。

堺はデスクに座ると早速ディスクを再生した。画面に、モニタールームで子供たちを観察する徳井正也の様子が映し出された。

〈完〉

本書は二〇〇八年十月、小社より刊行された単行本『モニタールーム』を文庫化したものです。

モニタールーム

山《やま》田《だ》悠《ゆう》介《すけ》

平成24年 6月25日　初版発行
平成26年 12月20日　6版発行

発行者●堀内大示

発行所●株式会社KADOKAWA
〒102-8177　東京都千代田区富士見2-13-3
電話 03-3238-8521（営業）
http://www.kadokawa.co.jp/

編集●角川書店
〒102-8078　東京都千代田区富士見1-8-19
電話 03-3238-8555（編集部）

角川文庫 17409

印刷所●旭印刷株式会社　製本所●株式会社ビルディング・ブックセンター

表紙画●和田三造

◎落丁・乱丁本は、送料小社負担にて、お取り替えいたします。KADOKAWA読者係までご連絡ください。（古書店で購入したものについては、お取り替えできません）
電話 049-259-1100（9:00～17:00/土日、祝日、年末年始を除く）
〒354-0041　埼玉県入間郡三芳町藤久保550-1

ISBN978-4-04-100329-9　C0193

角川文庫発刊に際して

角　川　源　義

第二次世界大戦の敗北は、軍事力の敗北であった以上に、私たちの若い文化力の敗退であった。私たちの文化が戦争に対して如何に無力であり、単なるあだ花に過ぎなかったかを、私たちは身を以て体験し痛感した。西洋近代文化の摂取にとって、明治以後八十年の歳月は決して短かすぎたとは言えない。にもかかわらず、近代文化の伝統を確立し、自由な批判と柔軟な良識に富む文化層として自らを形成することに私たちは失敗して来た。そしてこれは、各層への文化の普及滲透を任務とする出版人の責任でもあった。

一九四五年以来、私たちは再び振出しに戻り、第一歩から踏み出すことを余儀なくされた。これは大きな不幸ではあるが、反面、これまでの混沌・未熟・歪曲の中にあった我が国の文化に秩序と確たる基礎を齎らすためには絶好の機会でもある。角川書店は、このような祖国の文化的危機にあたり、微力をも顧みず再建の礎石たるべき抱負と決意とをもって出発したが、ここに創立以来の念願を果すべく角川文庫を発刊する。これまで刊行されたあらゆる全集叢書文庫類の長所と短所とを検討し、古今東西の不朽の典籍を、良心的編集のもとに、廉価に、そして書架にふさわしい美本として、多くのひとびとに提供しようとする。しかし私たちは徒らに百科全書的な知識のジレッタントを作ることを目的とせず、あくまで祖国の文化に秩序と再建への道を示し、この文庫を角川書店の栄ある事業として、今後永久に継続発展せしめ、学芸と教養との殿堂として大成せんことを期したい。多くの読書子の愛情ある忠言と支持とによって、この希望と抱負とを完遂せしめられんことを願う。

一九四九年五月三日

角川文庫ベストセラー

パズル　山田悠介

8.1 Horror Land　山田悠介

8.1 Game Land　山田悠介

スイッチを押すとき　山田悠介

ライヴ　山田悠介

超有名進学校が武装集団に占拠された。人質となった教師を助けたければ、広大な校舎の各所にばらまかれた2000ものピースを探しだし、パズルを完成させなければならない!? 究極の死のゲームが始まる!

ネットのお化けトンネルサイトで知り合ったメンバー。心霊スポットである通称「バケトン」で肝試しをするために、夜な夜なバケトンに足を運んではスリルを味わっている——そう、あのバケトンに行くまでは!

デートで遊園地にきたカップルは、ジェットコースターに乗り込んだ。その途端、「今から生き残りレースを始めます。最後の一人になるまで続きます」とアナウンスされた。果たして残酷なそのゲームとは!?

自らの命を絶つ【スイッチ】を渡され、施設に閉じ込められている子供たち。監視員の南洋平は、四人の"7年間もスイッチを押さない子"たちに出会う。彼らと共に施設を脱走した先には非情な罠が待っていて。

火曜の朝に始まった、謎のTV番組。『まもなくお台場よりレースがスタートいたします!』。予測不可能なトラップに、次々と脱落していく選手たち。彼らが命を賭けて、デスレースするその理由とは!?

角川文庫ベストセラー

オール　山田悠介

一流企業に就職したけれど、やりがいを見つけられずに辞めてしまった健太郎。偶然飛び込んだ「何でも屋」は、変な奴らに、変な依頼だらけだった。ある日、メールで届いた依頼は「私を見つけて」⁉

オールミッション2　山田悠介

生意気な後輩・駒田と美人の由衣が仲間に加わり、毎日が落ち着かない健太郎。そのうえ、相変わらずおかしな依頼ばかり。健太郎はだんだん由衣のことが気になってきたが、駒田も由衣を狙っている⁉

スピン　山田悠介

ネットで知り合った、顔を知らない6人の少年たち。「世間を驚かせようぜ！」その一言で、彼らは同時刻にバスジャックを開始した！　目指す場所は東京タワー。運悪く乗り合わせた乗客と、バスの結末は⁉

パーティ　山田悠介

小学校から何をするのも一緒だった4人の男子は、ずっと守っていた身体の弱い女の子を、大人にだまされ失ってしまう。それから幾月――彼らは復讐を誓い神嶽山に集合する。山頂で彼らを待つものとは⁉

アバター　山田悠介

高校2年生で初めて携帯を手に入れた道子は、クラスを仕切る女王様からSNSサイト〝アバQ〟に登録させられる。地味な自分の代わりに、自らの分身である〝アバター〟を着飾ることにハマっていく道子だが⁉

角川文庫ベストセラー

キリン　山田悠介

天才精子バンクで生まれた兄弟——兄は天才数学者への道を歩むが、弟の麒麟は「失敗作」として母と兄から見捨てられてしまう。孤島に幽閉されても家族の絆を信じる麒麟の前に、運命が残酷に立ちはだかる！

Another (上)(下)　綾辻行人

1998年春、夜見山北中学に転校してきた榊原恒一は、何かに怯えているようなクラスの空気に違和感を覚える。そして起こり始める、恐るべき死の連鎖！名手・綾辻行人の新たな代表作となった本格ホラー。

GOTH 夜の章・僕の章　乙一

連続殺人犯の日記帳を拾った森野夜は、未発見の死体を見物に行こうと「僕」を誘う……人間の残酷な面を覗きたがる者〈GOTH〉を描き本格ミステリ大賞に輝いた乙一の出世作。「夜」を巡る短篇3作を収録。

失はれる物語　乙一

事故で全身不随となり、触覚以外の感覚を失った私。ピアニストである妻は私の腕を鍵盤代わりに「演奏」を続ける。絶望の果てに私が下した選択とは？　珠玉6作品に加え「ボクの賢いパンツくん」を初収録。

サンブンノイチ　木下半太

銀行強盗を成功、開店前のキャバクラに駆け込んだ小悪党3人。手にした大金はココで3分の1ずつ分ける……はずだった。突如内輪もめを始めた3人。更にその金を狙う大物も現れ——。大金は一体誰の手に！

角川文庫ベストセラー

グラスホッパー　伊坂幸太郎

妻の復讐を目論む元教師「鈴木」。自殺専門の殺し屋「鯨」。ナイフ使いの天才「蝉」。3人の思いが交錯するとき、物語は唸りをあげて動き出す。疾走感溢れる筆致で綴られた、分類不能の「殺し屋」小説！

マリアビートル　伊坂幸太郎

酒浸りの元殺し屋「木村」。狡猾な中学生「王子」。腕利きの二人組「蜜柑」「檸檬」。運の悪い殺し屋「七尾」。物騒な奴らを乗せた新幹線は疾走する！『グラスホッパー』に続く、殺し屋たちの狂想曲。

櫻子さんの足下には死体が埋まっている　太田紫織

平凡な高校生の僕は、お屋敷に住む美人なお嬢様、櫻子さんと知り合いだ。でも彼女は普通じゃない。なんと骨が大好きで、骨と死体の状態から、真実を導くことが出来るのだ。そして僕まで事件に巻き込まれ……。

櫻子さんの足下には死体が埋まっている　骨と石榴と夏休み　太田紫織

平凡な高校生の僕の夏休みは、三度の飯より骨が好きなお嬢様・櫻子さんと過ごすことで、劇的に刺激的なものになる。母にまつわる事件から、人間の悲しさと美しさを描き出す、新感覚ライトミステリ第2弾。

櫻子さんの足下には死体が埋まっている　雨と九月と君の嘘　太田紫織

骨が大好きなお嬢様、櫻子さんが、僕、正太郎の高校の文化祭にやってきた！　けれど理科準備室でなんと人間の骨をみつけて……。ほか、呪われた犬との遭遇などバラエティ豊かに贈る第三弾！

角川文庫ベストセラー

きみが見つける物語　十代のための新名作　スクール編

編／角川文庫編集部

小説には、毎日を輝かせる鍵がある。読者と選んだ好評アンソロジーシリーズ。スクール編には、あさのあつこ、恩田陸、加納朋子、北村薫、豊島ミホ、はやみねかおる、村上春樹の短編を収録。

きみが見つける物語　十代のための新名作　放課後編

編／角川文庫編集部

学校から一歩足を踏み出せば、そこには日常のささやかな謎や冒険が待ち受けている――。読者と選んだ好評アンソロジーシリーズ。放課後編には、浅田次郎、石田衣良、橋本紡、星新一、宮部みゆきの短編を収録。

きみが見つける物語　十代のための新名作　休日編

編／角川文庫編集部

とびっきりの解放感で校門を飛び出す。この瞬間は嫌なこともすべて忘れて……読者と選んだ好評アンソロジーシリーズ。休日編には角田光代、恒川光太郎、万城目学、森絵都、米澤穂信の傑作短編を収録。

きみが見つける物語　十代のための新名作　友情編

編／角川文庫編集部

ちょっとしたきっかけで近づいたり、大嫌いになったり。友達、親友、ライバル――。読者と選んだ好評アンソロジー。友情編には、坂木司、佐藤多佳子、重松清、朱川湊人、よしもとばななの傑作短編を収録。

きみが見つける物語　十代のための新名作　恋愛編

編／角川文庫編集部

はじめて味わう胸の高鳴り、つないだ手。甘くて苦かった初恋――。読者と選んだ好評アンソロジーシリーズ。恋愛編には、有川浩、乙一、梨屋アリエ、東野圭吾、山田悠介の傑作短編を収録。

角川文庫ベストセラー

きみが見つける物語　十代のための新名作　こわ～い話編

編／角川文庫編集部

放課後誰もいなくなった教室、夜中の肝試し。都市伝説や怪談――。こわ～い話編には、赤川次郎、江戸川乱歩、乙一、雀野日名子、高橋克彦、山田悠介の短編を収録。

きみが見つける物語　十代のための新名作　不思議な話編

編／角川文庫編集部

いつもの通学路にも、寄り道先の本屋さんにも、見渡してみればきっと不思議が隠れてる。読者と選んだ好評アンソロジー。不思議な話編には、いしいしんじ、大崎梢、宗田理、筒井康隆、三崎亜記の傑作短編を収録。

きみが見つける物語　十代のための新名作　切ない話編

編／角川文庫編集部

たとえば誰かを好きになったとき。心が締めつけられるように痛むのはどうして？　読者と選んだ好評アンソロジー。切ない話編には、小川洋子、萩原浩、加納朋子、川島誠、志賀直哉、山本幸久の傑作短編を収録。

きみが見つける物語　十代のための新名作　オトナの話編

編／角川文庫編集部

大人になったきみの姿がきっとみつかる、がんばる大人の物語。読者と選んだ好評アンソロジーシリーズ。オトナの話編には、大崎善生、奥田英朗、原田宗典、森絵都、山本文緒の傑作短編を収録。

きみが見つける物語　十代のための新名作　運命の出会い編

編／角川文庫編集部

部活、恋愛、友達、宝物、出逢いと別れ……少年少女小説の名手たちが綴った短編青春小説6編を集めた、極上のアンソロジー。あさのあつこ、魚住直子、角田光代、笹生陽子、森絵都、椰月美智子の作品を収録。